# 最凶の恋人 —10days Party—

FUUKO MINAMI
水壬楓子

Illustration
しおべり由生

SLASH
B-BOY NOVELS

この物語はフィクションであり、実際の人物・団体・事件等とは、一切関係ありません。

CONTENTS

10days Party

——船旅——

# 一日目

## ――柾鷹《まさたか》――

梅雨《つゆ》の晴れ間というのだろうか。

六月下旬のこの時期としてはめずらしく空も澄み切って、絶好の出航日和《びより》だった。

さすがに湿度は高かったが、桟橋《さんばし》は風も抜けて心地よい。強い潮の香りも、これからの旅情をかき立ててくれる。

目の前には、いかにも豪華客船、という偉容が広がっていた。

遠景から眺めると素晴らしく優美だったその姿も、近づくと何よりも、でかい――と、その大きさに圧倒される。

パール・オブ・ザ・テティスII――女神《めがみ》の真珠《しんじゅ》、という名の客船らしい。

「大きいな…」

ビルで言えば十四、五階建てくらいはゆうにあるのだろう。

横で遙《はるか》も上空を見上げるように首を折り、感嘆したようにつぶやいた。

白のシャツにサマージャケット姿と、すっきりと涼やかな旅装だ。初夏の薄着で、首回りや腕など露出も多く、思わずうなじのあたりに指を伸ばしたくなる。指だけでなく、本当なら唇も、だ。

伸びてしまった襟足《えりあし》の髪を、出発前の昨日、短く切りそろえてきたところのようで、いつもより少しばかり剝《む》き出しのうなじがまぶしい。

こんな人前でうかつにやると、白い目でにらまれる――くらいならまだしも、せっかくの旅先で夜のお預けを食らわされるのはツライので、なんとか柾鷹《まさたか》も我慢していたのだが。

まったくのところ、関東一円で少しは名の知れた神代会《かみしろかい》系千住組《せんじゅぐみ》の組長、千住柾鷹にそんな我慢をさせることができるのは、この男くらいである。

まあそれも、惚《ほ》れた弱みと言うのだろう。

朝木《あさぎ》遙――とは、中学の時に出会った。地方の全寮制の学校だった。

それから二十年。

卒業するまで、その中学、高校時代にもあれこれとあったわけだが、十年ほどの間をおいて再会したのが五年前。

ようやく、だった。

いや…、迷った末、だったのだ。柾鷹にしてみても。

まったくのカタギであり、ヤクザなどとは縁もなく、穏やかに、普通の一生を暮らしていけるはずの遙を、この世界に引きずりこんでいいのか、と。

今でも迷いがないわけではなかったが、……おそらく自分よりも遙の方がきっちりと腹をくっている。

本家で暮らし始めた今も、遙はカタギという立場を守りつつ、しなやかに組の連中とつきあい、柾鷹とともに歩く道を探していた。

それがどれだけ困難で危険なことか、そしてどれだけの犠牲が必要か——いや、もうすでにどれだけのものを失ったのか、遙自身、わかっているはずだったが。

友人や、身内や、世間体。誰に後ろ指を差されることのない、社会的な立場。おそらくは遙なら、それなりの地位や財産を築けたのかもしれない。あるいはもっと自由に、軽やかに世界中を飛びまわって、生きられたのかもしれない。

当然のように手に入るはずだった、平穏で幸せな未来を捨てたのだ。

柾鷹の方が本当に驚くくらいに……するりと、何気ない様子で。

仕方ないだろう？

と、ちょっとあきれたような、苦笑するみたいな感じで。気負いもなく。

まわりからはヤクザの組長の「愛人」と認識され、しかし基本的に、遙はこっちの世界に進んで関与はしない。柾鷹としても、させるつもりはない。

が、近くにいる以上、どうしても巻きこまれることはある。

今回も、その流れではあったのだろう。

レオナルド・ベルティーニという男が千住組の本家へ挨拶に寄ったのは、つい一週間ほど前のことだった。

ニューヨークのイタリア系マフィアのドン、ルイジ・ベルティーニの息子であり、跡目ということになる。

弱冠二十一歳。むこうの尺度で言えば、成人したばかりのガキだ。

ベルティーニと千住とは一応、友好関係にあり、もろもろの業務提携などもこれから進めようかという、ある種のビジネスパートナーでもある。まあ、ヤクザも国際化の時代なのだ。

レオナルド——レオとしては単なる顔見せで、特に具体的な用があって千住を訪れたわけではない……はずだったが、なかば物見遊山《ものみゆさん》の観光に、たまたま空港で行き会った遙を引っ張りまわしたことで、今回自分が参加するこの船旅を返礼にしたい、と言ってきた。

横浜発着で、沖縄や台湾をめぐる十日間。

実際のところ、ただの礼としては大きすぎる。

遙だけでなく、組長である柾鷹も、日本滞在中の便宜に対する礼にとの招待があり（そもそも柾鷹が遙一人を他の男との旅行などに行かせるはずもない）、レオのお気に入りらしい若頭《わかがしら》の狩《か》屋《や》も、あらかじめメンバーに入れられていた。

正直なところ、多少の胡散臭《うさんくさ》さは感じていたが、どうやらこの客船の目玉は観光ではなく、公海上でのカジノ・クルーズらしい。

「組長さんにとっても、自分で視察してみるちょうどいい機会なんじゃないかな？」

と、言われると、確かにその通りなのだ。

日本もカジノ合法化を目前に、どの組もその方面でのシノギを模索している。視察自体は悪い話ではない。

しかしなにしろ、急な話だった。

その招待があったのが、ほんの三日前なのだ。

遙だけなら、融通の利く仕事でもあり、そういう意味では身軽な身体で、旅行慣れもしている。気軽に、じゃあ、行ってみようか、と応じられるようだが、柾鷹はそうはいかない。

社会的——業界的な立場もある。ヤクザの組長というのは、冠婚葬祭の義理事をはじめ、会合やら商談やらで、意外といそがしい身なのである。

遙としては初めから、行くにしても行かないにしても、柾鷹が決めていい、というスタンスだった。

自分でも、客人に対して大したことをしたわけではないという気持ちもあるのだろう。これほどの礼は恐縮するし、相手がまだ大学に通っている好青年とはいえ、ニューヨーク・マフィアの跡目である。

この手の招待に裏がないはずはない、というくらいの察しはつけている。

危うきに近寄らず、というのなら断るし、わかった上で乗ってみる、というのならつきあう、ということだ。

結局、万障《ばんしょう》繰り合わせて（狩屋が、だが）、柾鷹は誘いを受けることにした。

現在のところ、ベルティーニが敵対関係にあるわけではなく、どこか別の組と裏で手を組んで、千住をハメようとか、柾鷹を始末しようとかいう動きがあるわけではない。油断はできないにせよ、それをやりたいのなら、こんな客船上というのはいささか大がかり過ぎる。ある種の密室になるわけで、いろいろと仕掛けるには犯行が特定されやすい。

何か狙いはありそうだったが、ただそれは千住に直接的な関係があるわけではない――という判断はあった。

むしろ、柾鷹に見せたいものがあるのか…？　という気がする。もの、なのか、人なのかはわからないが。

ならば、レオの――ベルティーニの跡目の出方とお手並みを見てみようか、という感覚だった。

すでに乗船は始まっており、柾鷹たちもタラップを渡って船へと渡る。手荷物以外は事前に船室へ運びこまれており、柾鷹などは財布も持たないくらいの身軽さだ。パスポートは遙が預かってくれている。

ただ船内は広いので携帯電話だけは、と狩屋に持たされていた。ふだんは自分の携帯でさえ、たいてい一緒にいる狩屋が預かっていることが多い。

船内のレセプションで遙がチェックインをすませ、ルームキーであり、船内での飲食、買い物などすべての精算にも使えるというクルーズカードが渡されて、いったん自分たちの船室《キャビン》を確認する。

スイートの一室だった。こぢんまりとしたリビングと、奥のベッドルーム。ベランダがついており、湾を抜けると視界いっぱいに海がのぞめるのだろう。

今はまだ、夕暮れ間近の港の景色だが、それも海側から眺められるのは新鮮だった。

「すごいな…」

ベランダの手すりにもたれ、遙が小さくつぶやく。

おたがいとっくに三十の坂を超え、旅先で手放しにはしゃいで喜ぶような年ではなかったが、

自分とツインの一室というのに文句を言わないあたりで、遙のテンションが上がっているのも察することができる。

「船、初めてなのか?」

「さすがにこれだけのクルーズ船は初めてだよ。楽しみだな」

横に並んで何気なく尋ねると、遙がいくぶん声を弾ませた。そして、ちらっと意味ありげに柾鷹の顔を眺めてくる。

「おまえも飛行機よりはマシだろ?」

……ちょっと可愛《かわい》くない。

遙は以前、一年近くも柾鷹の元から逃亡していたことがある。柾鷹が飛行機が苦手なのを計算して、追いかけていけない海外へだ。

「ほっとけ」

むっつりとうなった柾鷹に、遙が海風に吹かれた前髪を押さえながら、やわらかく笑う。

「ま、こんな船でもないと、おまえと旅行もできないしな」

……いや、やっぱり可愛い。

「つーか、初めてだろ? おまえと旅行なんてのは」

考えてみれば、だ。

顎を撫で、柾鷹は小さく首をひねって言った。

「修学旅行、行っただろ」

「そんなもん、旅行に入るか」

「おまえが飛行機、乗れないからだろ」

「近場の温泉だって、つきあってくんねぇじゃんかー」

子供みたいに唇を尖《とが》らせた柾鷹に、遙が素っ気なく言い放つ。

「おまえと温泉行ったって、癒《い》やしにならないからな」

「俺の癒やしにはめっちゃ、なるけどなー」

うそぶいた柾鷹を、遙がじろりと横目でにらんだ。

「……あ。てことはだ」

それにかまわず、柾鷹はふと、思いついてしまう。思わず、うきうきと声を上げた。

「これは新婚旅行だなっ」

おお！　という気分だ。

それこそ、飛行機が嫌いなので海外はおろか北海道や沖縄あたりも無理だと思っていたのだが、

――そうか。船旅があったか、という、目から鱗《うろこ》な感じだった。

「つまらないことを言ってると、狩屋と部屋を代わるからな」

腕を組み、据わった目で遙がしっかりと言い渡してくる。

狩屋は隣で、ツインの部屋を一人で使うことになっているのだ。

えー、と柾鷹は抗議の声を上げる。

「それと、毎晩はつきあえないからな」

遙としては、あらかじめクギを刺しておこう、ということなのだろう。

しかしその言葉に、柾鷹はにやりと笑う。

「毎晩じゃなきゃ、いいのか?」

あ、というように、一瞬、遙があせった表情を見せる。それでも、渋い顔で言い返してきた。

「旅行中はダメだと言えば、おまえ、我慢できるのか?」

それに、ふん、と柾鷹は鼻を鳴らした。

「んなわけねーだろ。新婚旅行だっつーのに。初々《ういうい》しく燃え上がらねーとっ」

「違うだろ」

ちょっと視線を逸《そ》らせて、いくぶん照れたように(多分)遙が口の中でうめくと、ふと思い出したように言った。

「そういえばおまえ、よくパスポートなんて持ってたな」

「まぁな…。とったのはもう七、八年も前だが」

「とれたのも意外だけど。……そもそも、海外へ行く予定があったのか？　飛行機、乗れないのに？」

首をひねった遙に、柾鷹は仏頂面で返した。

「乗れないわけじゃねーっつーの。苦手なだけだ。……何だっけな？　総本部長のお供《とも》で、ハワイへゴルフに行くとかなんとかいう話があったんだよな…」

柾鷹としては全力で抵抗するつもりだったが、なにせ上からの誘いになると、うかつに断ると角が立つ。行けない理由を聞かれて、飛行機が恐いから、などとはメンツにかけても言うことはできない。

当日急病になるにしても、形ばかりパスポートくらいはとっておかなければならなかったのだ。

「まぁ結局、行かずにすんだんだけどなー」

幸か不幸か、優雅にゴルフをしてられるような状況ではなくなったわけだ。そもそもゴルフ自体、さほど好きでも得意でもないので、柾鷹としてはラッキーだった。

「せっかくとったんだ。使えてよかったじゃないか」

小さく微笑《ほほえ》んだ遙に、柾鷹はうきうきと声を上げる。

「そうだな。やっぱ、新婚旅行は海外だよなー。つまり、今夜はハネムーン初夜ってことだよなっ」

いや、別に柾鷹としては夜を待つ必要などない。なんなら出航前の今からでも、まったく問題はないのだ。すぐうしろにはベッドもある。

「……ああ、何かやってるな。デッキに出てみるか」

しかし肩を抱き寄せようとした柾鷹の手をぴしゃりとたたいて、いかにもとぼけるように遙が言った。

実際遠くから、吹奏楽らしい賑《にぎ》やかな演奏が風に乗って聞こえてきて、どうやら出航前のイベントが行われているらしい。

そういえば、客船というと出航時はデッキから手を振るようなイメージもある。

チッ、と思いつつも、遙にうながされるまま、部屋を出た。

客室を出る気配に気づいたのだろう、隣の部屋から出てきた狩屋も合流する。

狩屋とは隣り合った客室だったが、レオたちは――レオとその警護役であるディノという男だ――どこなのだろう？

すでにチェックインしているのかどうなのか、まだ顔は見られていない。

デッキのあちこちには、すでに多くの乗客たちが岸辺を見下ろし、パフォーマンスを楽しんでいる姿があった。岸の方でもかなりの見物人たちが群がり、背後のコンコースや広場のあたりからも船を眺めているのがわかる。

船の前でマーチングバンドが賑やかに華々しく曲を演奏し、十人ほどの旗を持ったチアリーディングが披露され、どうやら船長らしい白い制服の男が花束を受け取って挨拶をしている。日本人らしい。

演奏や拍手の中、タラップが船の中へ引き上げられ、係留ロープが外されていく様子を、遙は飽きずに眺めている。

いよいよ出航間際、無数の風船が夕焼けに染まった空へと吸いこまれた。

やがて、夕日に向かうように船はゆっくりと港を離れていく。ボォー…と、腹に響くような汽笛が鳴る。

いよいよらしい。

よく見かけるテープ投げなんかはなく、しかし船からも岸からも、大勢が大きく手を振り合っている。

これから十日間の船旅だった。……のんびりと、いい骨休めになるといいのだが。

見知らぬ誰かに手を振っている遙の横顔を眺めながら、柾鷹はわずかに後ろへ下がる。

「あのガキたちは乗りこんでいるんだろうな?」

小声で狩屋に確認する。

千住の人間だけ船に乗せてしばらく留守にさせ、その隙《すき》に何かやろうとかいうフェイントをかまされてはたまらない。

「はい。確認しています。客室は反対側の海側のようですね」

後ろから淡々とした狩屋の声が返る。

確認したのは、千住の他の組員だろうが。

千住くらいの大きな組の組長や若頭が、ボディガードの一人もつけずふらふらと出歩くようなことはまずない。

今回は船旅ということもあって、ぞろぞろと引き連れてくるわけにもいかず、四人だけ同行させていた。ボディガードでもあり、身のまわりの雑用をやらせるためでもある。

部屋住みの若いのが二人と、もうちょっと使えそうな気の利いた中堅の組員が二人。

その連中はチェックインの開始と同時に入っており、レオたちだけでなく、乗客の中に怪しい人間がいないかの確認もしているはずだ。

ふうん…、と柾鷹は小さくうなって顎《あご》を撫《な》でた。

「なら、この十日の間に船内で何かあるってことかな…」

「これだけの客室をあらかじめ押さえていたということですからね」

早々に満室になったらしいクルーズで、レオの方で千住のために部屋を四つ、早くから予約をかけていたらしい。もちろん、来日前から、ということになる。

「何もないはずはない、か…」

単に船旅を楽しむだけとは思えない。

まぁ、狩屋は以前よりレオとは直接の知り合いで、かなり気に入られているようだったから、ことによれば初めから狩屋を誘うつもりはあったのかもしれないが。そして若頭を誘うなら、組長も招待しないわけにはいかない、という流れだった可能性もないわけではない。

しかし全室がスイート、もしくはジュニアスイートという仕様の、昨今のお手頃価格なクルーズとは違い、そこそこ余裕のある世代をターゲットにしたかなりラグジュアリーなタイプの船旅だ。スイートであれは、一人百万前後はかかるはずで、ベルティーニにとっては端《はし》た金かもしれないが、それにしても手回しがよすぎる。

「一回りしてきます」

低く言った狩屋に、柾鷹はうなずくだけで答えた。

ゆっくりと、ではあるが船は着実に港から離れ、大海に乗り出そうとしている。

ふだんとは逆の、海からの街並みを眺めながら、遙が少しばかり浮き立った様子なのがわかる。留学もしていたし、もともと海外旅行は好きなのだろう。

まあ、遙が喜んでいるようだから、レオが何を狙っているにせよ、柾鷹としては遙のまわりさえ穏やかであれば問題はなかった。

何かあったとしても、遙のそばには近づけない。

実のところ、ここしばらくは陸《おか》の上で遙のまわりが騒がしかった。他の組の連中に、柾鷹の愛人として、そして金を稼ぐディーラーとして、遙が目をつけられていたのだ。

そんな物騒な視線を気にすることなく、他にヤクザがいないこんな海の上で、ゆったりといい気晴らしなり、休養なりになればいいと思う。

まぁ、ファイナンシャル・アドバイザーだかプランナーだかの仕事はともかく、おそらくネットがつながる以上、ディーリングの方は船の上でもやるのかもしれないが。

レオの狙いが読めない居心地の悪さはあったが、実際、こんなことでもなければ、遙と一緒に旅行できる機会などそうはない。

カジノにパーティーに観劇。

柾鷹としてはさほど興味はなかったが、この十日間、リラックスして楽しんでいる遙を見られるのなら、それも悪くはなかった——。


——遙——

遙にとっては、ひさしぶりの海外旅行だった。

……そしてもしかしなくても、柾鷹にとっては初めての、になるらしい。

とはいえ、日本発着のクルーズなので乗客の七割くらいは日本人だし、飛び交う言葉は日本語が多く、船内に滞在する限り、あまり海外旅行という感じはしなかった。台湾へも寄港はするが、ほんの半日観光というところだろう。

まあ、柾鷹にしてみればちょうどいいくらいなのかもしれない。

夕方の出航で、その初日は避難訓練に参加し、服や身のまわりの荷物をクローゼットに片付け、広い船内を探検がてらぶらぶらして終わっていた。

生来がナマケモノでものぐさで我《わ》が儘《まま》で、ほんのたまーに、やる時だけやる、というタイプの千住組の組長は、海の上でも相変わらず、バーで飲んでいるか、船室でゴロゴロしているか、だったが、遙は積極的に船内の施設を見てまわり、シアターやショーの演目で見たいものをチェックしておく。

せっかくの海の上、デッキでのんびりと本を読んだり、昼間からビールなんていうのもちょっとした贅沢《ぜいたく》だ。海風に吹かれて昼寝なんかもしたいが、ふだんが運動不足なだけに、充実したフイットネス・センターで汗を流すのもいい。

射撃練習場などもあるのを見かけて、柾鷹や狩屋ならやはり仕事柄？　こういうところには顔を出すのだろうか。

いや、そういえば柾鷹もふだんからまったく運動が足りていない。なにしろ、一歩外へ出ると運転手付きの車移動である。この機会に少しは運動させなくては、と遙は内心で思案した。嫌がることは目に見えていたから、なんとかうまく尻をたたいて。

昼間に十分、身体を動かしておけば、疲れて夜はさっさと寝てくれそうだし、遙にとってはまさしく一石二鳥だ。

初日の夕食は時間を合わせ、レオたちや狩屋も交えて、メインダイニングでフレンチのコース料理を堪能した。

「……そっか。じゃあ、カリヤがニューヨークに来てた時、ハルもアメリカにいたんだ」

今回の船旅への招待の礼を述べ、和やかに会食が始まって、流れで遙がアメリカに留学していた時の話になる。

レオ――レオナルド・ベルティーニはニューヨークのイタリア系マフィアの跡目ではあるが、美術系の大学に通う学生でもあり、明るく無邪気な若者だった。

……その無邪気さがくせ者だというのは、柾鷹の息子である知紘《ちひろ》を見ていてもよくわかるが。

黒髪に黒い瞳は日本人と同じで、どうやら母親が中国系の女性らしく、東洋と西洋の入り混じったエキゾチックで彫りの深い顔立ちをしている。

そして同席していたディノという男は、遙たちよりは少し年上の三十代なかばくらいだろうか。いかにもイタリア系の容姿だったが、強面《こわもて》で寡黙な男だ。レオの補佐兼警護役らしい。

学生という身軽さはあるのだろうが、それでもこんな異国へ息子を送り出すのに――しかもヤクザのところへ、だ――たった一人でボディガードというのは、かなりボスからの信頼も厚いということだろう。

レオやディノの日本語は挨拶程度で、柾鷹も英語はまったくしゃべれないが、狩屋と遙の二人でしゃべっていない方が通訳するという役割分担だと、かなりスムーズに会話も流れる。

ハル、というのは、レオたちの遙の呼び方だ。海外の友人にはたいていそう呼ばれている。東京滞在中にガイドをしたこともあり、レオとは気安くつきあっていた。

観光名所でものめずらしげにはしゃぐ様子だけ見ると、本当にどこにでもいる大学生だ。

その間もずっと一緒だったディノだが、彼に名前で呼ばれたことはまだない。そもそも会話自体、ほとんどしたことがない。本当に、必要最小限のことしかしゃべらない男のようだ。

二年ほど前、遙は一度、柾鷹のところから逃げ出してアメリカへ渡っていた。

飛行機に乗れない柾鷹の代わりに、狩屋が様子を見に来たことがあるのだが、そのついでというか、帰りにニューヨークでベルティーニと面談し、レオたちとも会っていたらしい。

「会いたかったなー。今度、ニューヨークに来ることがあったら、絶対、声をかけてね、ハル。今度は俺が案内するから」

そんな言葉に、ぜひ、と微笑んで遙は返した。が、その機会があるかは正直、疑問ではある。

柾鷹が遙を国外へ出すのは、……おそらく千住が抗争状態にある時くらいだろう。もしくは他の組の遙へのマークが相当に激しくなった時か。

まあ、数日で間違いなく帰ってくるという信頼が取りもどせれば、それなりにギャーギャーわめかずに、しぶしぶながらも送り出してくれるのかもしれないが。

とはいえ、ベルティーニの名が轟《とどろ》いているお膝元《ひざもと》でレオに案内してもらうというのも、それはそれでちょっと恐い気がする。

「そういえば、カリヤにはメッツを案内したんだよね」

ナイフを動かす手を止めて、ちらっと、レオが狩屋を見上げて言った。

メッツ――というと、パッと大リーグの野球観戦が浮かんだが、レオが美大生だということを考えれば、メトロポリタン美術館の方だろう。The MET――メット、だ。

「そうでしたね」

どことなく、レオの口調は意味ありげに聞こえたのだが、狩屋は穏やかな表情でうなずいただけだった。

長いつきあいになるが、遙にも狩屋の表情を読むのは難しい。実際、狩屋が感情を表に出したところなど、ほとんど見たことがない。

……仕事上、計算して恫喝《どうかつ》するような時でなければ、だ。

「すごく楽しかった。俺にとっても一生残る、いい思い出だよ」

喉《のど》を鳴らし、どこか共犯者めいた笑みで言ったレオに、ただ静かに食事をしていたディノのまとう空気が、ふっと一瞬、強ばった気がした。

が、遙にその意味はわからない。美術館の案内で、「一生」というのが少しばかり大げさな気がするくらいで。

柾鷹も感じたようで、ちょっと視線を上げて二人を見比べていたが、あっさりとスルーして遙の皿に嫌いな付け合わせのインゲンをのっけてくる。

「行儀が悪いぞ」

横目でじろりとにらむと、柾鷹がすっとぼけてあさっての方に視線を向けた。

そもそも柾鷹のテーブルマナーは上品とは言えなかったが、しかし不思議と見苦しいわけでもなく、豪快に食べる様子は見ていても気持ちがいい。

「それにしても、わざわざ日本発着のクルーズなんて…、初めから予定してたの？　たいしたこともしてないんだし、礼代わりで無理してとってくれたんなら申し訳ないな」

なんとなく話を変えるように口にした遙に、ふっと一瞬、柾鷹と狩屋が視線を合わせたような気がしたが、レオはさらりと答えた。

「礼と言うより、詫《わ》びかな？　父が組長さんに大人げない態度をとっちゃったし」

小さく肩をすぼめるようにしてレオが言ったが、遙から見れば、大人げなかったのは柾鷹も同様だった。

レオが来日して千住へ挨拶に寄った時、電話でニューヨークのドンとも話す機会があったのだが、そこで双方のボス同士がつまらない口ゲンカになっていたのだ。まあ、その後、なんとか和解したようだが。

「沖縄とか台湾も行ったことがなかったから、ちょうどいいっていうのもあったし。それに…、実はこの船のカジノがちょっと有名なんだ。内装がいいし、コンパクトにまとまってて参考になりそうだから、一度、見てみたかったんだよ」

そんな説明に、へぇ…、と遙は小さくつぶやく。

それにしても「参考」なのか…、と内心で苦笑する。そういうビジネスを手がける予定があるのだろうか。

日本の領海内にいるうちは閉鎖されているカジノも、オープンすれば一度くらいは行ってみたいと思っていた。

どうやら寄港地の観光というより、船内のカジノがメインの船旅だというのが、乗客たちの暗黙の了解らしい。

まあ、ふだん遙がやっている株や為替も博打《ばくち》と言えば博打で——データの裏付けはあるにせよ——、金額的なことを言えば、遊びでやるカジノよりもずっと額は大きい。いわばハイローラーだ。そういう意味では、カジノで勝ち負けのスリルなどはあまり感じられないのかもしれない。

「今後、千住の組長にはいろいろとお世話になると思うしね。どういう方面でおたがいに協力できるのか、じっくり話せる機会がほしいっていうのもあって。千住の組長が飛行機、苦手だって聞いてたし、こういうクルーズだとちょうどいいと思ったんだよ」

レオの説明はよどみない。

遙が訳してやると、チッと舌打ちして柾鷹が狩屋を横目にうなった。

「……あぁ？　おまえ、そんなことベルティーニとしゃべってたのか？」

「申し訳ありません。話の流れで」

狩屋がさらりとあやまる。

おそらく下っ端の組員あたりなら蹴り飛ばされるくらいだろうが、あやまってすむあたりがつきあいの長さのようだ。

闇賭博《やみとばく》とか、裏カジノあたりは、今でも千住がシノギとしてやっていて不思議ではないが、いわゆるカジノ法が可決した現状では、合法的な手段でもそちら方面へ大きく手を広げるつもりなのだろうか？

「ハルは意外とギャンブル、強そうだよね。カリヤなんかは嗜《たしな》む程度だろうけど。組長さんは案外、慎重そうだなぁ…。ていうか、たらたら長くやるんじゃなくて、一発勝負でバーン、と張るタイプかな？」

ちょうど一回りほど年上の男たちを順に眺め、レオがどこかおもしろそうにそんなプロファイルを披露《ひろう》する。

それに柾鷹がにやりと笑った。

「ま、確かに、遙はギャンブラーだよな…。引きも強い」

「え…、したことないぞ？　せいぜいスロットマシンくらいしか。ラスベガスは行ったことないし、競輪競馬もしないし、パチンコも行かないしな」

まったくギャンブルとは縁のない生活だ。……まあ、ディーリング以外は、だが。

むしろ、ディーリングをしているから、他のギャンブルに興味がないのかもしれない。

いささか不本意な思いで言った遙に、狩屋がそんな会話をレオたちに通訳してから、唇で小さく笑った。

柾鷹が、やれやれ…、というみたいに肩をすくめる。

レオも意味がわからなかったのだろう、ちょっときょとんとした感じだったが、狩屋がそれに英語で付け足した。

「ヤクザでもないのに柾鷹さんと一緒にいるだけで、十分なギャンブルですからね」

ああ…、と納得したように微笑んでレオがうなずき、あ…、とようやく遙も気づく。

自分の人生に、未来に、柾鷹を選んだこと自体、確かに大きなギャンブルだ。

平穏な、という形容詞は初めから捨て札にしていたが、それでも最後には、自分にとって幸せなカードがまわってくることを信じて。ずいぶんと確率的には悪そうだったけれど。

無意識に視線を逸らし、ちょっと頬《ほお》が熱くなるのを感じながら、遙は口の中で反論する。

「引きが強いかどうかなんて、まだわからないじゃないか…」

きっと人生が終わる時まで。

「あー？　最強のカードだろうがよ」

にやにやと笑ってうそぶくように言ってから、柾鷹がスッと遙の耳元に唇を寄せてくる。

「ベッドの中でも超絶技巧の最強ボディだしぃ？」

「ババ抜きのババだったな」

イタズラするみたいに軽く耳たぶを噛《か》んできた男の顔面をつかむように邪険に押しやって、遙はことさら冷たく言った。

「ジョーカーだろ？　切り札じゃねーか」

まんざらでもなさそうに、柾鷹が顎を撫でる。

「……まあ、何でも前向きにとらえられるのは、おまえの数少ない長所なんだろうな」

いかにもあきれたように、遙は大きなため息をついてみせた。

「ラブラブなんだねぇ…」

狩屋の通訳でそんなバカっぽいやりとりを興味深そうに眺めていたレオが、どこか感心したようにつぶやく。

「でもヤクザの組長さんなら、外でそういう弱みは見せない方がいいんじゃないの？」

さらりと言われたそんな言葉に、遙はちょっとドキリとする。

――弱み、になるのだろうか？　柾鷹にとって、自分は。

ちょっとうれしくもあり、どこか不安でもある。

実際、自分の立場が柾鷹の……その、業界の中で、少しばかりめんどくさいことになっているのは感じていた。

「こんなふうに結局、ダダ漏れですので、むしろ公言した方が安全なんですよ。遙さんに手を出すつもりなら、真っ向から千住とやり合う覚悟がいる、ということですから」

「ああ…、なるほどね」

狩屋が淡々としたまま解説し、レオが大きくうなずいた。

なんだか妙に気恥ずかしく、遙としては何もコメントできないまま、なんとか平然とした表情を作っているだけで精いっぱいだ。

そのあたりはあえて遙が訳さなかったので、なんだ？　と柾鷹が肘《ひじ》をつっついてきたが、無視する。

狩屋が短くまとめて通訳した言葉に、柾鷹は短く付け足した。

「そうだな。遙に手を出すのも、あえて面倒に巻きこむのも、俺としちゃ、うちへの宣戦布告と受け止めてるよ」

指についたソースをペロリとなめとりながらさらりと言った言葉は、本気なのか冗談なのか、ちょっと区別がつかない。

いや、冗談のように言った本気、だろうか。

「心しておきます、組長さん」

胸に手を当て、それこそ冗談ぽくレオが返した。

「俺もわざわざ千住を敵にまわすために日本に来たわけじゃないから」

つまり、柾鷹がクギを刺した、ということだろうか？

あるいは、業界的な微妙な駆け引きがあるのかもしれないが、遙にはすくい取れない。

遙自身、自分のいる立場の難しさは自覚していた。

まわりを見まわせばヤクザだのマフィアだの、あるいは刑事だの、という世界の中にいて、一人、何も知らないふりをするつもりはない。知らずにいることへの不安もある。知っておきたい、という思いもある。

が、すべてを知ってしまうことが、かえって面倒になるということも理解していた。

多分、遙が知らない方がうまく流れている部分もあるのだろう。知ってしまえば、遙自身が、あるいは柾鷹や狩屋が、また新しい対処をする必要になるのだろうから。

遙は基本的に何も知らない――というスタンス、その事実を、まわりのヤクザたちにも、あるいは警察にも、今はしっかりと確立しておきたいのだろう。だから、むやみに手を出しても意味はないし、やっかいなことになるだけだ、と。

そうすることで、遙の身を守ってくれている。

だから遙としても、あえてそれに口を出すつもりはなかった。

柾鷹自身、自分にとって、そして組にとって最善だと思う方法を選択している。

いずれ、知るべきことは知ることになるだろうし、知らないことはそのままでもいい。

遙としては、自分が知っていたことも知らなかったことも、この男のそばにいることで――自分にかかる非難や責任や、すべて受け入れるつもりだった。

開き直りでしかない。

すでにゲームのテーブルについているのだ。

手にしたジョーカーが切り札になるのか、ババになるのかはまだわからないが、遙としてはできるだけ必要なカードを集めるだけだ。

きっと、捨てざるを得ないカードも多いのだろうけれど。

遙などは、ひょんな偶然で途中からそのゲームの席に着いたようなものだが、今テーブルにいる他の男たちは、ほとんど生まれた時から、なのだ。

それこそ、そんな男ばかりのテーブルは味気なくも妙な迫力はあったのだろう。

考えてみれば、ヤクザとマフィアの集まりなのだ。……遙以外は。

そして三十代の男たちの中で一人だけ若い美形の青年に、まわりのテーブルにいた、特に女性客たちは興味津々《しんしん》だったようだ。ちらちらと、明らかに様子をうかがうような視線を感じる。

ファミリー向けのクルーズではないので、二十一歳だとあるいは、客たちの中では最年少なのかもしれない。

一定レベルの富裕層の集まりであり、若い女性であれば玉の輿《こし》を狙ったり、純粋に良家の子女が出会いの場を求めている場合も多いのだろう。レオなどは真っ先に目をつけられそうだが、まわりの男たちには近づきがたそうだ。

そしてもちろん、うかつに近づかない方が平和でもある。

そのあと、バーで少し飲んで、「初夜～」とごねる男を蹴飛ばし、とりあえず一晩目はゆっくりと眠りについた。

初日だけに、柾鷹もおとなしくしていたらしい。先が長いのだ。早々に遙を怒らせて、それこそ狩屋と部屋を代わるようなことになれば元も子もない、という計算が働いたのだろう。

……最後の三日くらいが大変そうだな。

と、遙は今からため息をついてしまった。

## 二日目

――遙――

枕は変わったが気にはならず、波も静かで足下は安定していたが、どこか心地よく揺れているような感覚もあって、よく眠れた。

おかげで海上での最初の朝は比較的早く目が覚め、窓からの朝日のまぶしさにちょっと感動する。

海から昇る朝日や沈む夕日を、一度くらいはきちんと見たかった。

寝癖だらけの間抜け面で寝こけている柾鷹をほったらかしに一人で朝食へ出ると、ちょうど部屋から出てきた狩屋と顔を合わせる。

……偶然なのか、こっちの気配を察して出てきたのかはわからないが。

しかし柾鷹とともに、狩屋とも中学、高校時代と同級でありつきあいは長い。間に柾鷹をおいて、尻をたたいたりなだめすかしたりと共闘することは多く、気安い関係である。

一緒にレストランへ向かっていると、日課なのだろう、デッキをジョギングしているカップルの姿もあり、すがすがしい一日の始まりだ。

レストランもメインダイニング以外にイタリアンとか寿司《すし》バーとか、六つか七つもあり、その他にカフェやグリル、ジェラートの店もいくつかある。

迷うところではあるが、とりあえずメインのダイニングへ席を取った。ビュッフェスタイルの朝食だ。

少し早めの時間のせいか、混み具合はそれほどではなかったが、確か乗客だけで二千人、スタッフを入れると三千人近い人間が乗っているはずだ。

ちょっとした村や町以上の人口がいるわけで、こうして同じ船に乗り合わせていても顔を合わさずに終わる人間も多そうだった。どころか、うっかりすると自分も迷子《まいご》になりかねない。

船内のアクティビティだけでも全部まわれるかどうかだが、……まあ、欲張らない方がいいのだろう。

のんびりと、リラックスした休日にしたかった。とはいえ、毎日柾鷹を相手にしていれば、そうのんびりとはいかないだろうが。

「遙さんは今日は何をされる予定ですか？」

それぞれに朝食を皿に盛って席にもどると、タイミングを見てウェイターがコーヒーをカップに注いでくれる。

何気なく狩屋に聞かれ、遙はちょっと思い出すように尋ねた。

「うーん…、夜はウェルカムパーティーがあるんだっけ？」

「そうですね」

「それはちょっとのぞいてみたいかな。ドレスコードは面倒だけど」

「まぁ、ダークスーツであれば問題はありませんから」

「つまり、おまえたちならふだんの服装だな」

遙はちょっと苦笑するように言った。

ブラックスーツなら、ヤクザの制服みたいなものだ。

今の狩屋はノーネクタイで、軽くシャツの喉元を開いており、なかなかに男の色気がある。

船に乗っている良家のお嬢様方は、狩屋を見てどういう仕事だと想像するのだろうか？

そんなことを考えると、ちょっとおもしろい。柾鷹などはそもそもが強面なので、ヤクザとは思われなくても、あまり近づいては来ないだろう。あるいは、ちょい悪オヤジ好きな金持ちの未亡人あたりには、いいターゲットにされるのだろうか。

そういえば、狩屋がネクタイをしていない姿など初めて——とは言わないが、ひさしぶりに見た気がした。もしかすると、寮生活だった高校以来、だ。

本家に泊まることも多い若頭ではあるが、遙と顔を合わせるような時間ならいつもきっちりとしたスーツ姿だった。組長とは違って、ネクタイが緩んでいるような姿も覚えがない。

「昼はデッキでのんびりしようかな」

そんな遙の言葉に、狩屋が静かに微笑む。

「いいですね」

「せっかくの機会だし、おまえも、……あー、仕事のことは忘れて、少しは骨休めしたらいいんじゃないのか？」

そもそもふだんがいそがしすぎるのだ。組長がアレなので、事務的なことから対外的な問題は、ほとんど狩屋が片付けていると言っていい。

遙としては、理不尽にも、なんとなく申し訳なさを感じてしまうのだ。

「ええ、そうさせてもらうつもりです」

穏やかにうなずいたが、まあしかし、狩屋がまともにのんびりしているところなど、見たことがない。

「何か…、ええと、特別な仕事がクルーズ中にあるのか？」

深く立ち入るつもりはないが、心構えというか、やはりちょっと気になってうかがった遙に、狩屋はさらりと答えた。

「いえ、そんなことは。仕事がらみだと、せいぜいカジノをのぞくくらいですね」

その答えには、やっぱり、と思う。

先々のシノギを見据えて、ということもあるのだろう。

「クラブの雰囲気やエンターテインメント系のショーとか、サービス関係もちょっとチェックしておきたいとは思いますが」

「やっぱり仕事してるな」

いろいろと自分のビジネスにフィードバックさせるのだろう。

指摘した遙に、狩屋が苦笑した。

「ふだんよりはのんびりさせてもらってますよ。まあ、帰ってからの仕事を考えると恐いですけどね」

確かに、そうなのだろう。さすがに同情する。

そうでなくとも、きっとプールサイドで身体を伸ばしながらも、電話で本家の人間に指示を出しているはずだ。

「っていうか、こんな健全な毎日は、もしかすると柾鷹にはやることないのかもな…」

想像して、遙はわずかに眉《まゆ》を寄せた。

なにしろ太陽の下は似合わない男だ。デッキで日光浴とか散歩とか、社交ダンスやヨガのレッスンとか、クラフト教室で製作とか……、絶対にやりそうにない。

「まぁ、昼間からバーで飲んだり、カジノに入り浸ってるのも困るけど」

「柾鷹さんは賭《か》け事には基本、手は出しませんよ。カジノも仕事というだけで、熱くなるタイプではありませんし。レオの読みは当たってますね」

「そうか…」

確かに言われてみれば、柾鷹がギャンブルに熱くなっているというのは見たことがない。「商売」として関わっていることはあるのかもしれないが。

と、ふと思いついて遙は尋ねた。

「狩屋、おまえ、柾鷹とケンカしたことなんかあるのか？」

「はい？」

あまりに唐突な問いだったようで、めずらしく言葉につまる。それでも、ちょっと首をひねって考えこんだ。

「そうですね。覚えている限り……、一度ですね。小学校へ入ってすぐくらいに」

「そこまでさかのぼるのか…」

思わず遙はうめいた。正直、ちょっとあきれてしまう。

その一回の話も聞いてみたかったが、さわやかな朝の話題ではない気がした。むしろ、酒のつまみに夜の話題だ。

「じゃあまた、その話も聞かせてくれよ」

子供の頃の柾鷹の話も、そういえば聞いてみたい。

「ええ。そのうちに」

狩屋が微笑んでうなずく。そして言った。

「ああ…、昼間は柾鷹さん、放っておいても大丈夫だと思いますよ。そのために若いのを連れてきてますから。遙さんこそ少し息抜きをしてください」

そんな気遣いの若頭に、遙はにっこりと笑った。

「言われなくても、だな」


朝食後、いったん部屋にもどった遙だったが、すぐにカバンに詰めておいた本を一冊手にして、さっさと外へ出ていた。

「せっかくの船だぜ？　真っ青な海！　まぶしい太陽！　真っ白なシーツ！　ほら、お日様をいっぱいに浴びながら健康的にやろうぜー」

と、不健康にのたまう組長を振り切って。

Tシャツにすっきりとしたクロップドパンツ、それに軽いカーディガンを引っ掛けただけで、足も素足にスニーカーという軽装だ。

とりあえず逃げ出したものの、どこへ行こうかな、とちょっと迷う。

本を読むなら図書室もあるし、船内のラウンジあたりも落ち着いて居心地はいいのだろうが、せっかくなら外がいい。イスのあるどこかのデッキ……も、いくつかある。

プールサイドはちょっとまぶしそうかな、と思い、上のデッキへと上がってみる。

と、ふいに前から小さな白い塊がぽてぽてっ、という感じで走ってきたかと思うと、遙の足にじゃれついてきた。

「おっ…と」

一瞬、体勢を崩し、文庫本を取り落としそうになったが、なんとか持ち直す。

気を取り直して足下を眺めると、どうやら猫のようだった。遙の足下で、スニーカーの靴紐《くつひも》にじゃれついている。

子猫……といっても、もう三、四カ月くらいにはなっているのだろうか。ぽてっとした体つきのふわふわと灰色がかった白い毛並みで、サファイア・ブルーの透きとおった目をしている。

そういえばこのクルーズはめずらしくペットの同伴ができると、事前にもらったパンフレットに記載があったのを思い出した。犬か猫が基本だが、ドッグランのコースもある。

しかし自分の客室から連れ出す時は、犬ならリード付き、猫はケージに入れることになっていたはずだ。室外でペットを遊ばせるスペースもあったとは思うが、そこから逃げ出してきたのだろうか。

「おまえ、どこの子だ？」

文庫本をパンツのポケットにねじこみ、遙は屈《かが》んで子猫にそっと両手を伸ばす。抱き上げた拍子に、口にくわえていた靴紐が解けてしまった。

しかし人懐っこく、胸に抱え直すと、遙の首筋をぺろぺろとなめてくる。くすぐったいが、ふわふわした毛触りも気持ちよくて、やはり可愛い。

こんなところを柾鷹が見たら、猫にも嫉妬するのかな？　と、ちょっと楽しく想像してしまう。

首輪代わりにピンクのリボンが巻かれ、それに重なるようにハート型のペンダントが首を飾っている。まさかダイヤではないだろうが、ジルコニアかスワロフスキーか、ハートの中心についていて、なかなかオシャレだ。

飼い主がそのへんにいるのだろうか？　と遙があたりを見まわすと、いかにも何かを探すように、きょろきょろしている男がいた。

日本人……だろうか。眼鏡《めがね》をかけた細身の男だ。少し陰のある感じの、独特の雰囲気がある。遙と同い年くらいか、一つ二つ下かもしれない。髪もきれいに整え、きっちりとしたスーツ姿がこんな客船の中では少し浮いて見える。

遙が抱いている猫を見つけて、あっ、と短い声を上げた。

「ああ…、すみません」

ホッとしたように口にすると、小走りに近づいてくる。

目の前まで来るとめざとく解けた靴紐に気づき、躊躇《ちゅうちょ》なくひざまずいた。

遙が止める間もない。

「あの…、そんな、大丈夫ですから」

あせって言ったが、男はかまわず手を伸ばして紐を結び直しながら答えた。

「いえ、こちらの責任ですから。その子がじゃれたんでしょう？　靴紐が好きなんですよ。……申し訳ありませんが、その子を捕まえておいていただけますでしょうか？」

ひどく丁寧な口調だ。

そして手早く結び直すと、スッ…と立ち上がった。身長は、遙よりもほんの少し低いのがわかる。

「ありがとうございました。あなたの猫ですか？」

礼を言ってから確認した遙に、男が微笑んだ。

「私の主人の、なのですが。お手数をおかけしました」

丁重に頭を下げられる。

主人――というと、どこかのご大家に仕えている、ということだろうか。言われてみれば、まだ若いが執事っぽい雰囲気でもある。

「いいえ、ぜんぜん。可愛いですね」

「ユキはやんちゃで、逃亡癖があって、よく逃げ出すんですよ」

男の苦笑するようなそんな言葉に、へぇ…、と思わず遙はつぶやく。

「じゃあ、似たもの同士かな？」

クスクスと笑った遙に、え？　と男の方が怪訝《けげん》そうな顔をした。

「あ…、いえ。ユキちゃんていうんですね」

あわてて遙は話を流す。

同類の匂いを嗅《か》ぎとって遙に近づいてきたのかもしれないが、しかしまあ、癖というほど、遙はしょっちゅう逃亡しているわけではない。――と思う。

「オスなのですが。……ほら、ユキ、おいで」

そして手を伸ばした男に、遙は猫を引き渡そうとしたのだが――。

あっ、と男があせったように声を上げる。遙もそれに気づいて、あわてて手を止めた。

猫の鋭い爪が、遙のカーディガンにしがみついたまま離れないのだ。

なんとか外そうとするが、猫が嫌々するみたいにもがいて、さらに糸が伸びてしまいそうだった。

「申し訳ありませんが、主人のところまでご一緒していただけますでしょうか？　主人の前でしたら、ユキもおとなしくなると思いますので。お礼も申し上げられますし」

礼はともかく、男が示したのは、アサイラム、と呼ばれる最上階デッキの方だった。

「ああ…、じゃあ。ちょうど私もそちらへ行くところでしたから」

金色のクルーズカードを持つ客――どうやら、スイートの部屋に泊まっている乗客らしい――専用のリラクゼーション・デッキだ。

たくさんの緑が配置され、上空は帆布のようなもので覆われて、海上の強い日射しと熱もほどよくさえぎられている。風が抜けて心地よい空間だ。

先に立って進む男のあとからデッキに上がると、やわらかな声が耳に届いた。

「京《みやこ》さん、ユキちゃん、いたかしら？」

それこそユキちゃんと同じような、灰色がかった白髪の上品そうな老婦人だ。七十代なかばくらいだろうか。

木陰の下、深くソファに腰を下ろしてレース編みをしていたようだが、その手を止めて膝に置くと、老眼鏡を外してこちらを眺めてくる。

「はい。こちらの方が捕まえてくれまして」

男の言葉に、女性が少しうしろに立っていた遙に視線を向けた時、腕の中の子猫がパッと飛び出し、飼い主の前のテーブルにのっていた糸玉に飛びついた。

「あらあら」

と、主人はのんびりとした声を上げたが、京さん、と呼ばれた男はあわてたように遙に向き直った。

「すみません。お召《め》し物は大丈夫でしょうか？」

お召し物、とはまた古風な言い方だったが、この年齢の女性が主《あるじ》なら、それに対応する形だろうか。

「あ、大丈夫ですよ」

歩きながら少しずつ猫の爪は外していたし、一、二本、糸が切れたくらいですんでいる。そもそも高価な服ではない。

「ありがとうございました。この子、逃亡癖があって」

「みたいですね。変なところへ入りこむ前でよかったです」

軽く頭を下げた女性に、遥も微笑んで返す。

どうやらこのエリアだと、ペットも自由に動けるようにしているらしい。船の縁もきちんとネットが張られて、落ちないようになっている。

とはいえ、スタッフや客たちは出入りしており、隙を見て抜け出したらしい。

と、彼女が遥の足下に目をとめて声を上げた。

「まあ…、オシャレな靴紐なのね」

スニーカー自体は使い慣れた白の無地のものを持ってきていたが、靴紐だけ、ちりめんを使った和柄の紐に交換していたのだ。赤や黒、紫、緑などの色が微妙に入り交じり、華やかな感じになっている。

今は涼しげでシンプルなワンピースだったが、この年代の女性だと、やはり着物も着る機会はあるのだろう。

ああ…、と遥は首から下げていたクルーズカードのパスケースを外して見せた。

「最近、こういうの、よく見かけますよ」

パスケースのストラップも同様の素材だ。

レオを案内して都内の観光地をめぐっている時にたまたま見つけて、いくつか買っておいてたものである。

「まあ、今はこういうふうに使うのね。素敵だわ」

テーブルにのせたそれを、女性は老眼鏡をかけ直して興味深そうに眺めている。

朗らかで可愛らしい老婦人だ。育ちがよさそう、というのか、年をとっても教養があるお嬢様といった雰囲気がある。

そして顔を上げて、にっこりと微笑んだ。

「どうぞ。年寄りの相手がお嫌でなければ、おかけになって。お礼にお飲み物でもいかが？」

「あ…、じゃあ」

こういう出会いも旅の醍醐味《だいごみ》なのだろう。旅先で新しい友人を作る。

……もっとも遙の立場ではうかつに「友人」を続けられないので、旅先で出会って別れるくらいの関係が安全なのかもしれなかった。こちらの社会的な立場をくわしく説明する必要もない。

「早水《はやみ》ひな子《こ》です。この人は私の秘書というか、お目付役《めつけやく》というか――」

女性が自己紹介し、少し茶目っ気を見せながらかたわらに立ったままの男を見上げると、彼が軽く頭を下げた。

「里中《さとなか》京と申します。本当にありがとうございました」

「いえ、たまたまですから。――あ、朝木遙と言います」

遙も名乗りながら、勧められるまま、ひな子の隣のデッキソファに腰を下ろす。しっかりとクッションのある優雅なタイプだ。

「京さん、お飲み物を」

「はい。——何がよろしいですか？」

丁寧に聞かれ、遙は「では、アイスコーヒーをお願いします」と頼む。

横の小さなイスに下ろされたユキちゃんは、糸玉を抱えるようにしてうとうとしていた。

「遙さんはクイーン派なのかしら？」

と、ふいに聞かれて、えっ？　と思ったが、どうやらポケットから文庫本がのぞいていたらしい。それでもタイトルしか見えていなかったから、作者を指摘したということは、彼女も読んだことがあるのだろう。

「ミス・マープルみたいですね。そういえば、編み物もなさっているし」

有名な老婦人の名探偵を引き合いにそう返した遙に、ひな子がころころと笑う。

「遙さん…、遙さんって呼んでよろしい？」

「あ…、ええ」

ちょっと柾鷹の顔が頭に浮かんだが、まさか老婦人をタコ殴《なぐ》りにするようなことはないだろう。

「私のことも名前で呼んでね。若い方に名前で呼ばれるのはうれしいものだから」

「わかりました、ひな子さん」

無邪気な老婦人に、ちょっと和んでしまう。

遥は父方にしても母方にしても、祖父母という関係に縁がなかったので、おばあちゃん、というのに憧れていた部分はあるのかもしれない。

「遥さんもミステリーがお好きなのね」

「はい。国名シリーズを新訳で読み直そうかと思って」

「ええ、こういう船旅はいい機会ねえ…。でもせっかくなら、『ナイルに死す』とかじゃないかしら？　場所は違うけれど」

クリスティの豪華客船を舞台にしたミステリーだ。

「あれ、原作もですけど、映画やドラマで何度も見たので…、犯人、覚えちゃってるんですよ。国名シリーズだとほどよく忘れてるので。途中で思い出したりもしますけど」

「昔、主人と映画を見たわ。……ああ、あまり夫婦で見る映画ではなかったけれど、私が見たくて」

くすくすとひな子が笑う。

「ご夫婦で船旅ですか？」

何気なく遥は尋ねた。

このクルーズだと、リタイアしたシニア層もかなりの比率を占める。

「いえ、主人はもう亡くなったの」

「あ…、すみません」

「五年前よ。実は主人と出会ったのがこの船だったの。もう五十年以上も前だから、本当はこの一つ前の船ね」

遠い日を思い出すような眼差《まなざ》しで口にしたひな子の表情を眺め、へえ…、と遙は思わずつぶやいてしまった。

この船が「パール・オブ・ザ・テティスⅡ」だから、その初代だろう。

「おたがい一目惚れだったのよ。その時、主人は本当は途中の寄港地で降りる予定だったみたいなのだけど、結局、フルクルーズにつきあってくれたの。下船する時には、二人で結婚を決めていたわ」

「すごい…、ロマンチックですね」

船旅マジックもあるのか、本当に恋愛小説に出てくるようなエピソードだ。

「主人はかなり年上だったけれど、私はまだ若かったし…、ずいぶんとまわりには反対されたけど、結局、駆け落ちみたいな感じで。主人がかっさらってくれたの」

その展開はますますハーレークインめいているが、五十年前の船旅だとまだまだ一般的ではなかったはずだし、それこそ金持ちの優雅な旅行だったはずだ。良家のお嬢様が旅先で男と知り合って結婚などと、確かに親兄弟はあわてただろう。

「波瀾万丈《はらんばんじょう》の人生だったんですね…」

感嘆して遙はつぶやく。

なんとなく、共感する部分があったのだろうか。今の自分をよく考えれば、本当に普通の人生を歩いていたはずなのに、いつの間にかかなり波瀾万丈になってしまっている。

「そうねえ…、本当にいろいろとあったけれど、今は息子が主人の仕事も継いでくれているし、私はのんびりとさせてもらっているわ。この船が好きだから、年に四、五回は乗っているの。処女航海にも参加したわね」

「じゃ…、ひな子さんはもうこの船の主みたいなものですね。何か事件が起きたら、安楽椅子《あんらくいす》探偵ができそうだな」

冗談のように言いながらも、その思い出の船にヤクザとマフィアが同乗している状態に、ちょっと申し訳なさを感じてしまう。

と、京が頼んでくれたのだろう、ウェイターがアイスコーヒーを運んできた。

京はそれを確認して、斜め向かいのソファに静かに腰を下ろしている。

なるほど、きっと同じ「部屋住み」の使用人でも、上品さが違うな、とちょっと笑ってしまう。

千住の部屋住みの若者たちも、気はいいのだが、元気な分、がさつでもある。

「そうだわ、写真をご覧になる?」

思い出したように聞かれて、ぜひ、と遙はうなずいた。

デジカメか携帯端末かと思ったが、ひな子はわずかに身を屈めて、眠っているユキちゃんの首からハートのペンダントをそっと外した。

なんだ? と思ったら、どうやらロケットになっていたらしい。

ハートを開いて見せてもらった中は、小さなセピア色の写真だった。

まだ若い着物姿のひな子が、男性と一緒に映っている。古い写真なだけにあまり鮮明ではなかったが、男はひな子より十歳くらい年上の、結構な男前に見える。

「ひな子さん、美人ですね。旦那様《だんなさま》もハンサムだし」

「ふふふ…、ありがとう」

ひな子がくすぐったそうに笑って、ロケットを元にもどし、ユキちゃんの首にかけ直す。

人生の終わりに――というと失礼だが、老齢になってこれだけ穏やかに幸せそうなのは、純粋にうらやましいと思う。

柾鷹などは、普通に考えれば、どう転んでもまともな死に方はしない――としても無理はない。

それまでずっとあの男のそばにいて、幸せだったと思えるだろうか…?

ふと、そんなことを考えてしまう。

「遙さんはお一人？　奥様とご一緒なのかしら？」

「いえ…、……ええと」

何気なく聞かれて、思わず口ごもってしまった遙に、ひな子が察しのよいところをみせる。

「あら、もしかして恋人と？」

「まぁ…、そんなものです」

曖昧《あいまい》に答えた遙に、ひな子が微笑む。

「いいわねえ…、若い方は」

「あ、でも友人たちも一緒なんですよ。グループ旅行みたいなものですから」

我ながらそういう言い方だと、ずいぶんと健全だ。

「相手の方をほったらかしでよろしいの？　こんなおばあちゃんを相手にしていたら、拗《す》ねられるんじゃないかしら？」

確かに拗ねる……かもしれないが。

「おたがいにやりたいことが違うので、昼間は自由に過ごしているんですよ。もうつきあって長いので、今さらべったり一緒にいるような関係でもないですし」

さらりと言った遙に、ひな子がちょっと目を丸くして感心したようにうなずいた。

「そうなのね…。最近はそんな感じなのかしらねえ…」

「夜の食事に時に落ち合って、おたがいに昼間は何をした、っていう報告し合うのも楽しいですから」

ああ、とひな子がうなずく。

「それも素敵だわ。おたがいを尊重してらっしゃるのね」

「おたがいに…、まだ相手の知らないことを見つけるのが楽しいのかもしれませんね」

ちょっと考えて、つぶやくように遙は言った。

今、柾鷹が何をしているのかはわからないが、多分、ふだんとは少しばかり違う環境で、少しは違う姿が見られるのか、あるいはどこにいても同じなのか。

いずれにしても、柾鷹に「老後」があるとは思えないし、リタイアしたあとのんびりと船旅などは考えられず、せっかくのこんな機会なら、少しは一緒にショーやアトラクションを楽しむのもいいだろう。

レオたちには感謝しなければ。

そのあとはしばらく翻訳ミステリーの話に花が咲いた。ひな子もやはりミステリーは好きなようで、組の中でそんな話ができる相手はおらず、遙としても予想外にうれしい。

どのくらいたった頃か、ふいに人の気配を感じて顔を上げると、白い制服姿の船長が立っていた。

髪に白いものが混り始めた、五十がらみのダンディな雰囲気の男だ。確か、水尾《みずお》、という名前だったと思う。

「早水様、ようこそ。いつもご乗船をありがとうございます」

帽子を取り、丁寧にひな子に挨拶する。

さすがにヘビーユーザーというか、かなりのリピーターのせいか、しっかりと名前も覚えているらしい。

「船長、今回は海も穏やかでいい航海になりそうね」

それにひな子がおっとりと微笑んで返した。

「そう願いますよ。確か前回ご乗船いただいた時は海が荒れて大変でしたね」

「ええ、そんな時は酔っ払ってしまえば気にならないんでしょうけど」

朗らかに笑ったひな子に、船長も笑い声を合わせる。

そして遙にも、お楽しみください、とさわやかに声をかけて、船長が別の客へ挨拶に向かっていった。

実際、リピーターが多いのだろう。クルーズ中はパーティーやカジノに明け暮れる乗客もいるのだろうが、それでも昼間は比較的落ち着いた雰囲気だった。年齢層が高いせいもあるのだろうか。

ランチタイムを過ぎ、そろそろ柾鷹の様子を見ておかないと、お付きの組員たちが気の毒かな、と遙は名残惜《なごりお》しく席を立った。

「読書のお邪魔をしてごめんなさいね、遙さん。よろしければ、またおしゃべりにつきあってくださる？」

「ええ、ぜひ。今度はアフタヌーンティーをご一緒しましょうか」

「あら、うれしいわ」

無邪気に微笑んだひな子に、ではまた、と挨拶し、向かいの京にも軽く頭を下げて、遙はデッキを下りる。

――と、ちょうど携帯が鳴り、狩屋からのＳＯＳが入電された。

――船長・水尾――

「――では、この『パール・オブ・ザ・テティスⅡ』のキャプテン、水尾よりご挨拶をさせていただきます！」

スタッフのそんな紹介で、水尾は拍手の中、にこやかに前へ進み出た。

英語と日本語、ほぼ自分で同時通訳するような入り乱れたトークも慣れたもので、ジョークを交えて軽快に盛り上げる挨拶をこなす。

通常通り、ウェルカムパーティーは盛大に、華やかに行われていた。

フォーマルのドレスコードなので、男はタキシード姿が多く、女性はカクテルドレスやイブニングドレス、着物姿も数人いるようだ。

リピーターも多いクルーズだったが、初めての客たちにはとりわけ、旅の始まりを象徴するイベントになる。

航海士や船医や、あるいはダイニングや客室部門のマネージャーなど主だったスタッフなどが紹介されている間、水尾はステージの上から集まっている乗客たちをざっと眺めていたが、さすがに乗客の大半が集まる中では目当ての客は見分けられない。

カクテルで乾杯をすると、あとはバンドの生演奏をバックに、ダンスと歓談という形だ。

船長としては行き会う常連のお得意様たちとはことさら丁重に、親しげに挨拶を交わし、請われるままにあちこちで記念撮影をこなし、時折スタッフに指示を出す。

そしてもちろん、自分も酒や乗客たちとの会話を楽しみながらも、できるだけ多くの乗客たちと交流を持つ。

船長としての役目でもあり、個人的な目的もあって。

「ああ…、船長。一緒に写真をよろしいですか?」

パーティー会場でそう声をかけてきたのは、このクルーズではめずらしい西洋人の夫婦らしいカップルだった。

「ええ、もちろん。喜んで」

大きな笑顔で、水尾も気安く応じる。

通りかかったウェイターをつかまえて夫人が差し出したカメラを預け、一枚の写真に収まると、それぞれとあらためて握手を交わし、「Welcome on board!」の声をかける。

「この船は初めてですか?」

「ええ。日本に駐在する仕事も長くなったので、このへんで少し骨休めしたいと思いまして」

そんな何気ない会話を交わしながら、水尾は素早く相手の服装をチェックした。

ブラックスーツに洒落《しゃれ》たドット柄のネクタイ。襟のフラワーホールにつけている小さなバラのラペルピン。右手中指の、十字架の模様が入った金の指輪。

——どうやらこの男に間違いないようだった。事前の打ち合わせ通りだ。

ネクタイか、ラペルピンか、あるいは指輪か、どれか一つなら偶然もあり得たが、三つそろっているということはまずない。

わずかに身を引き締め、水尾はあらためて男の顔を確認する。

四十歳前後だろうか。がっしりとした体格に、浅黒い肌。短めの髪と口ひげが渋い印象の男だった。

どこにでもいるビジネスマンの風情だったが、そう思ってみると、目つきも鋭く、隙がないように思える。しかし夫人連れとは思わなかった。

……あるいは、カムフラージュだろうか？

そんなことを考えながら、さりげなく尋ねる。

「よい休暇になるといいのですが。お名前をお聞きしてもよろしいですか？」

「エドワード・ラシックといいます。こちらは妻のレベッカ」

「よろしく。ぜひ航海を楽しんでください」

朗らかに返してから、水尾は頭の中にその名前を刻みこむ。

そして自室にもどってから、男——ラシックの船室のナンバーを確認した。

どうやら、ジュニアスイートの一室だ。

水尾は持ちこんだ鞄を開けて、中から封筒を取り出した。

依頼人から預かった、「サンプル」だ。

大型客船の船長という、名誉も責任もある仕事に就いている水尾だったが、実はその他に副業を持っていた。

——運び屋、だ。

いや、むしろ仲介業と言った方がいいのかもしれない。

きっかけは五年ほど前、知人から荷物の受け渡しを頼まれたことだ。航海中、乗客の一人に渡してほしい、と。

中身は正直、怪しげなもので、最初はためらったが謝礼に心が揺れた。

客船の船長ともなれば、それなりに給料はいい。が、不思議なもので、その分、出ていくものも多い。

実のところ水尾は、ギャンブルで借金があった。仕事中の船内でカジノに出入りすることはしなかったが、客たちの様子を横目で眺めているうちに、陸へ上がると自分も大規模なカジノへ通うようになっていた。さらに言えば、妻も浪費家だった。自分が留守にしている間、派手に遊びまわっているようだし、子供の養育費もかかる。

そんなこんなで、頼まれるまま、二、三度、船内で受け渡しをした。

そうするうちに、これは仕事になるのではないか、と思いついた。そしてその知人と組んで、専門の「運び屋」ビジネスを始めたのだ。

武器や麻薬のようなものは扱わない。見つかって、明らかに違法なものはまずい。なので、書類なり、写真なりのデータが主だった。

つまり売りと買い手があり、おたがいに顔を合わせたくないような場合、手数料をもらってその間を仲介するわけである。

仲間の男がオンライン上で取り引きをまとめ、買い手には船に乗ってもらう。そして自分たちの手数料と引き替えに、まずは依頼人から預かった「サンプル」を渡す。

サンプル、と呼んでいたが、それが実際に見本かどうかは知らない。渡す品物が本物である、という証明になるようなものだ。

買い手がそのサンプルを確認し、納得したら、水尾は寄港地で「品物」を受け取る。そして、売り手が指定する口座への入金が確認されたあと、その品物を売り手に渡す――という段取りになっていた。

そのため、乗船する買い手には、フォーマルのドレスコードになる際に目印になるものを身につけてもらうよう、事前通達していた。

相手がわかれば、船長という立場でコンタクトの方法はいろいろとある。

しかし水尾としても余計な危険は負いたくないので、相手にこちらの素性《すじょう》は明かさないようにしていた。

船内用の便箋《びんせん》に受け渡し方法を記して、隙を見て買い手の部屋の隙間から差し入れておく。あるいは、メインダイニングの乗客たちのディナーの席はだいたい決まってくるので、そのナプキンの下へでも忍ばせておく。

そんな、どこかスパイめいたやりとりも気に入っていた。

とはいえ、知り尽くした自分の船で、映画のようなスリリングな状況に陥ったことはない。

今回は、最上階デッキのアサイラムを利用することにしていた。隠れ家――という意味を持つリラクゼーション・スペースである。

サンプルの封筒をダイヤル式の南京錠《なんきんじょう》がついた小さな木箱に入れ、アサイラムのところどころに置いてある植物の陰に置いておく。その場所と日時、解錠する番号のメモをラシックにまわし、彼がサンプルを回収するとともに、手数料をその木箱に入れてまた錠をかける。そしてあとで、水尾がそれを回収するのである。

錠はちゃちなものだが、単にアクシデントでスタッフか誰かに見つかった時のための予防であり、盗まれることなど想定する必要はなかった。

なにしろ豪華客船の中である。たとえば、結婚詐欺師が乗りこんでいたとしたも、置き引きやスリなどはまずいない。しかもアサイラムは、スイートタイプの部屋の利用者でも上位クラスの乗客だけが利用できる専用スペースなのだ。金に困っている人間はいなかった。

この五年ですでに十回以上、水尾はこの副業をこなしていた。

手数料は一回、五十万から百万。その半分が取り分になる。

つまりそれだけの手数料をかけても手に入れたい「品物」だということだろう。

中身は知らない。気にならないわけではなかったが、あえて見ようとは思わなかった。

ただの手数料にそれだけの金をかけるのだ。自分の受け渡す品にどれだけの価値があるのかは、容易に推測できる。それをこんなふうに秘密裏《ひみつり》にやりとりすることで、どれだけ「ヤバい」品なのかも。

売り手にしても買い手にしても、どこの誰かはわからない。買い手の名前は一応、わかるのだが、ただそれが本名かどうか知るすべはない。パスポート上の名前のはずだが、もしそれが偽名なら偽造パスポートだということで……それなりの危ない背後関係があるはずだが。

水尾としては、ただ頼まれたものを渡すだけだ。

だから、犯罪などではない。

……そう思っていた。

ただのいい小遣い稼ぎなのだ。

――遙――


「え…、あっちゃん？」

いきなりそんな声が背中で弾《はじ》けたのは、遙がウェルカムパーティーの会場から抜け出そうとしていた時だった。

ちらっと様子を見にきた程度だったので、最初の挨拶やらセレモニー的なシャンパンタワーやらを眺め、だいたいの雰囲気がわかったあたりで満足して、生バンドが賑やかに始めた演奏に送り出される形で退場しようと思っていたところだ。

しかし派手な音楽と歓声とでその声もはっきりせず、聞き違いか、もしくは別の誰かだろう、と思っていた。

なにしろ、遙のことを「あっちゃん」と呼ぶのは、今のところ世界で一人だけだ。

反射的に振り返った遙だったが、まさにその一人が目の前に立っていたことに、かえって驚いてしまった。

まだ二十歳の女子大生だが、フォーマルなドレスに長い髪も結《ゆ》い上げていて、今日はずいぶんと色っぽく見える。

沢井《さわい》梓《あずさ》——柾鷹と同じ、神代会系沢井組組長の一人娘である。

しばらく前にちょっとした出来事で知り合い、ひとまわりも年の違う若い女の子ではあるが、気安い友人付き合いをしていた。

おたがいに組長の愛人と娘、という立場で、人に言えない苦労とか心配とか、なんとなくシンパシーがある、という感じだ。

——それにしても。

「どうしたの、こんなところで……って、クルーズだよね」

思わず尋ねた遙だったが、この船にいる以上、それ以外の目的はない。はずだ。

「やだ、びっくり。……え、まさか、鷹ぴーも一緒なの？」

梓も丸い目で、まずそれを聞いてくる。

千住組組長である柾鷹を「鷹ぴー」と呼ぶ恐いもの知らずな人間も、今のところ地球上に一人だけだ。

「あー…、うん。まあね」

二人で旅行だなどと——二人だけではなかったが——、梓を相手に微妙に気恥ずかしく、遙はちょっと咳払《せきばら》いして答える。

「うわー、優雅ねー、千住の組長。よくそんなヒマがあるわねー」

あきれたような、感心したような声だ。

ヤクザの娘だけあって、さすがに組長のいそがしさもわかっているらしい。

「梓ちゃんこそ、大学はどうしたの？」

かばうわけではないが、ちらっと意味ありげに聞いてやると、梓は澄ました顔で言った。

「今ちょうどテスト明けで、一週間くらい空いてるのよね」

それでも十日のクルーズなので、数日はサボりになるわけだ。

まあしかし、そこはあまりつっこまないでおいてやる。

「小野寺《おのでら》さんも一緒？」

苦笑しながら、遙は尋ねた。

沢井組の若頭で、どうやら小さい頃から梓のお目付役で、そして梓の長年の片想いの相手でもある。

いや、片想いではなく、遙の見るところ気持ちは通じている気がするのだが、小野寺の方が自分の立場をおもんぱかって、それを口にしないでいるようだ。それで梓がずっと焦《じ》れている。

しかしこんな旅行に、いかに信用ある若頭とはいえ、いい年の男と娘の二人連れを組長が許したとしたら、二人の仲は組長公認で進展しているのだろうか？　と思ったのだが。

「もちろんよ」

大きくうなずいてから、梓がわずかに身を寄せて、いくぶん小声の雰囲気で続けた。

「……ていうか、ホントは大学の友達と一緒って言って来たんだけど、その子も彼氏連れなのよね。親には当然、女友達と一緒、って言ってるけど。で、チェックインしてから、部屋を代わるわけ」

「なるほど」

ありがちではあるが、世の娘を持つ父親の苦労が忍ばれる話だ。

小野寺も部屋の交換に抵抗はするのかもしれないが、その友人の彼氏の方も、十日間、ヤクザの若頭と同室ではとても神経がもたないだろう。

「女の子の二人旅は物騒だから、って小野寺は護衛代わりのつもりだったみたいだけど。ほら、カジノもあるから、その視察も兼ねてね」

どうやら、いずこも同じらしい。

しかも、警護という名目があればそうそうには逃げられない。

「朝木さん？」

と、その時、怪訝そうな声がかかって顔を上げると、飲み物のグラスを二つ手にした小野寺がやはり驚いた顔で立っていた。

遙と同世代の、がっしりとした体格に硬派な印象の男だ。顎の先の短いヒゲが渋い。

こちらは当然のように、着慣れたブラックスーツがしっくりと似合っている。

考えてみれば、このクルーズのヤクザ率がまた少し上がったわけで、何となくひな子さんの思い出に水を差すようで、申し訳ない気がしてきた。

「小野寺さん、ひさしぶり。びっくりしたよね」

遙は気安い笑顔を返した。

「意外だな…、こんなところで。どうしてまた？」

小野寺の問いに、遙はちょっと視線をそらせる。

「あー…、そのあたりは狩屋とでも話してもらった方がいいかな」

自分がレオたちとの関係をどこまで言っていいものか――あるいは、口にしてはいけないのかわからない。

「千住の組長も来てるのか？」

「今、バーの方にいると思うよ。狩屋も」

もともと興味もないようで、柾鷹はウェルカムパーティーには参加していない。

「ああ…、じゃあちょっと…、挨拶を」

とたんに仕事モードで、せかせかと小野寺が口にした。

「別にこんなところだから…、わざわざ挨拶しなくても大丈夫だよ」

「そういうわけにはいかない。礼儀だからな。――あ、朝木さん、よかったらこれ」

と、梓に片方を渡したあと、手に残っていたシャンパンのグラスが差し出され、遙はありがたくいただくことにする。

「梓、ちょっと行ってくるから。適当に部屋に帰ってろ」

「小野寺こそ、ちゃんと部屋に帰って来なさいよっ」

どこかすわった目でぴしゃりと言った梓からあからさまに視線を逸らせ、では、小野寺があわてて去って行く。

「ちゃんと、って?」

妙に意味ありげなのに、何気なく尋ねた遙に、梓がグッ…とシャンパンをあおってからむっつりと言った。

「あの男、ゆうべは部屋に帰ってこなかったのよ？　どう思う!?　ヘタレ過ぎじゃない!?」

詰め寄るようにして聞かれたが、あー…、と遙は苦笑いするしかない。

まあ、この客船なら、夜は部屋に帰らなくても一晩中飲んだくれるところも、寝るところも、遊ぶところも不自由はしないわけだ。

「でも、あっちゃん、スーツ、かっこいーねー」

あらためて遙を眺め、梓が声を上げた。

フォーマルのドレスコードだったので、タキシードまでは用意しなかったが、今夜は遙もかっちりとしたスーツ姿だ。

「見たことなかったっけ？　梓ちゃんも大人っぽいね。すごくきれいだよ」

そんな遙の言葉に、梓がグッと拳《こぶし》を握った。

「このクルーズ中に勝負を決めたいのよね！　勝負パンツも買ったんだから」

――うわー、肉食女子…。

内心で感心しながら、遙は微笑んだ。

「健闘を祈ってるよ」

大変だな、小野寺さん…。

少しばかり同情しつつも、そろそろ覚悟を決めてあげてほしいな、という気もする。他人事《ひとごと》ながら。

ともあれ、今回はあまり梓たちの邪魔をしないようにしよう、と思いながら、梓の友人らしい女の子が近づいてきたのを機に、またね、と別れた。

どうしようかな、と思ったが、ちらっと時計を見て、バーをのぞいてみることにした。バーやクラブもいくつかあったが、とりあえずメインの場所を当たってみる。

薄暗い空間に、ステージ上だけが明るくライトが当たり、二十年代風の衣装の女性がハスキーボイスでジャズを歌っていた。妙に聞き覚えがあると思ったら、大ヒットしたアメリカンポップスのジャズアレンジだ。そこから定番の fly me to the moon が続き、幅広い層の観客たちを飽きさせないようにしている。

耳に心地よく聞きながら、しかしこの薄暗い中で人を探すのは難しい。

小野寺は大丈夫だったかな、思っていたが、パーティーから流れてくるには時間が早かったせいかまだ客は少なく、奥の一角に意外とたやすく見つけられた。

近づいていくと、正面の柾鷹が最初に気づき、おそらくその気配で横にいた狩屋が顔を上げた。柾鷹の向かいにすわっているのが小野寺らしい。

よう、と軽く上げた声で、小野寺もようやく気づき、ハッと振り返る。

「パーティーは終わったのか？」

「まだだけど、もういいよ。一杯だけ飲んで部屋に帰ろうかと思って」

半分は小野寺の救出のためでもある。こんなところで仕事モードになる必要はなく、今回は梓につきあってやってほしい気がした。

遙のそんな言葉に、狩屋が素早く柾鷹の隣の席を空け、ウェイターを呼ぶ。

そんな必要はまったくなかったのだが、ここで押し問答をしても仕方がないので、遙は柾鷹の隣にすわり、せっかくなのでアラウンド・ザ・ワールドを注文した。

「それにしても、えれぇ偶然だったな」

柾鷹がちらっと小野寺を見て言った。

「ええ、まったく。驚きました」

「俺たちが似合う場所でもねぇしな…」

自覚はあるのか、柾鷹が密やかに笑う。

「でもそのうち、船をチャーターして領海外で商売…、っていうのもあるかもしれませんね」

やはりヤクザの中だとそういう話になっていたのか、小野寺が顎を撫でてつぶやく。

「今でもやっているところはあるのかもしれませんが」

さらりと狩屋が口を挟んだ。

「このクルーズは梓ちゃんの予約だったんだろう?」

尋ねた遙に、小野寺が苦笑いした。

「ええ。一週間くらい前に急に言い出して。計画はだいぶん前からあったはずなんですけどね」

こちらも似たようなものだ。……多分、思惑はずいぶんと違うのだろうが。

「一瞬、朝木さんと打ち合わせたのかと」

心配か——それとも嫉妬なのか、ちらっと遙を見て言った小野寺に、柾鷹が低くうなった。

「……んなふざけた真似《まね》はさせないように注意するんだな。せっかくのきれいな顔をボコボコに腫《は》れ上がらせたくなけりゃ」

「おい」

物騒なそんな言葉に、遙はあわてて柾鷹の耳を引っ張る。

「お嬢さんもそのあたりの自覚はありますから。ただ…、その、朝木さんと一日デートとかはよくなさってるみたいですけどね」

ちらっと遙を見て、小野寺がうかがうように言った。

「あぁ？　なんだと？」

因縁つけるみたいに横目ににらんできた男に、遙は素っ気なく言った。

「おまえが知らない男とデートするよりはいいだろ？」

「……あ？　まぁ、そりゃそうだが……ん？　そういう問題か？」

ちょっと混乱したように柾鷹が首をひねっている間に、遙の飲み物が運ばれてきた。

ミントのさわやかな香りが鼻を抜ける。

拍手とともにちょうど曲が変わった。

「聞いたような曲だな…」

歌い出したステージを眺め、記憶を探るみたいに柾鷹が口にした。めずらしい。

「as time goes by…、ですね」

狩屋が静かに言った。

遙もなんとなく、その歌詞は覚えている。

無意識に柾鷹の横顔を眺めていた遙は、ふいに横を向いた男と目が合う。

「どういう意味だ？」

何気ないように聞かれ、遙は無意識に視線を落とし、さらりと答えた。

「いくら時が流れたとしても――かな」

ほう…、と柾鷹は小さくつぶやいただけだった。

未来に何が起ころうが、恋人たちは愛をささやく。

どれだけ時が流れたとしても、世界は恋人たちを受け入れる。

そんな感じの歌詞だ。つまり――。

「いつの時代でも、恋人たちは最強って曲？」

「なるほど？　――いで…っ」

と、いくぶん意味ありげに柾鷹が頬を撫で、いかにもさりげなく遙の腰に腕をまわしてくる。

その腕を笑顔のままひねり上げ、遙は小野寺に向き直った。

「そういえば、梓ちゃん、すごくきれいだったね」

「あ…ああ…、そうかな。まだ子供で……」

いくぶんあわてたように、小野寺が視線を漂わせる。

「もう二十歳だよ」

「いや…、どうも」

「気をつけた方がいいんじゃないかな？　あんなにきれいで若い子なら、狙われる要素しかないんだし。酒が入ると、タガが外れる男も多いし。こんな船旅で劇的に出会って恋に落ちるパターンもあるみたいだしね」

援護射撃というつもりでもなかったが、少しばかり煽《あお》るように言うと、とたんに小野寺がそわそわとし始めた。

「あの…、では、私はこれで」

グラスに残っていた酒を飲み干して立ち上がる。

「ああ…。あいつに遙に懐くなっつっとけ」

「いや、それは別にいいから」

ぶすっと言った柾鷹の口を手の甲で押さえ、遙があわててフォローする。

失礼します、ときっちりと頭を下げてから急いで出て行く小野寺の後ろ姿を眺めながら、遙は狩屋の方に尋ねた。

「レオたちの話は小野寺としていいのか？　……いや、別にあえて話題にするつもりじゃないけど」

「ええ。さっきちらっと話しましたよ。小野寺さんには口止めも必要ですし」

「口止め？」

やはりベルティーニとのことは部外秘なのか、と思ったが。

「海外との提携の動きはあちこちでもありますし、そのうち耳に入るでしょうが、柾鷹さんが十日も本家を空けているというのが知れると…、まずい、というほどじゃないですが、何かあった時の対処がどうしても少し遅れますからね。この隙に膝元でヘタに騒ぎを起こされると、面倒になるんですよ」

「ああ…」

なるほど、と遙はうなずいた。

つまり、組長がいる、というだけで抑えが利いている部分がある、ということだろう。

「まぁ、小野寺さんもお嬢さん連れなら、クルーズ中、近づいてくることはないでしょう」

「ああ…、そうだな」

あるいは、狩屋あたりは、梓から逃げまわるのに疲れた小野寺の飲み相手になってやることはあるのかもしれないが。

遙としては、どっちの立場に立った方がいいのか、微妙に悩む。

「あずにゃんなー…、もうさっさとやっちまやぁいいのにな。どうせ最後には収まるとこに収まんだろ…」

ぶつぶつと柾鷹が恐ろしいことを言う。どっちがどっちを、どう「やる」のか、そのあたりがわからないが。

ジタジタする恋人……未満同士は、端で見ていてもじれったいのかもしれない。

しかし柾鷹も、二人の難しい――いや、小野寺さえ腹をくくれば、多分、とても簡単な――関係には気づいているようだ。

実際のところ、組長の一人娘と若頭だ。何の障害もないはずだが、おそらく組長にしても小野寺にしても、梓にはカタギの男のところへ嫁《よめ》に行ってほしいという思いがあって、微妙なことになっているだけなのだ。

事前の言葉通り、一杯だけ飲んで遙は席を立った。

柾鷹も腰を上げたので、連れだって部屋に帰ることになる。

「私はレオと少し話がありますので。……遙さん、あとをよろしくお願いします」

と、狩屋がきっちりと頭を下げた。

妙に改まって任されてしまい、いささかとまどうが、柾鷹も足下が危ういほど飲んではいなかった。ほろ酔い、というくらいだろうか。

一緒に部屋までもどり、鍵を開けながらふと、遙は高校時代を思い出していた。

寮でルームメイトだった頃。

連れだって部屋にもどることは少なかったが…、いや、それでも寮内の食事や風呂のあとなどは一緒になったこともあったはずだ。

「思い出すな…」

中へ入り、だるそうにソファへ身体を投げ出した柾鷹がぽつりとつぶやいた。

「え？」

心の中を読まれたようで、ちょっとあせって聞き返した遙に、柾鷹が小さく笑う。

「高校ん時。もどった部屋に普通におまえがいるってのがさ」

どうやら同じことを考えていたらしい。

実際、高校を卒業して以来、こんなふうに毎日、同じ部屋に帰ってくるなどという状況はないのだ。毎晩同じ部屋で、相手の息遣いを感じながら眠ることも。

もちろん今でも、遙のいる離れに柾鷹は泊まりにくることはあるが、来る時は基本、セックスになだれこむ。だが寮にいた時も今も、同じ部屋で寝ていても毎晩するわけではなく……ただ何をするわけでもなく一緒の空間にいる、という感覚が昔を思い出させたのかもしれない。

「毎日、うざったかったのを思い出したよ」

遙は辛辣《しんらつ》に返したが、なかば軽口のような口調だ。

「いい骨休めになってんのか？」

小さく笑うように、柾鷹が尋ねてくる。

「俺はね。おまえは退屈してるんじゃないのか？　まだ二日目だけどな」

フォーマルな服を脱ぎ、ネクタイを外しながら聞き返す。

「あー…、まぁ、ちょい、感覚がズレてる気はするな」

柾鷹が頬を掻《か》きながらうなった。

毎日暢気《のんき》に過ごしているようで、ふだんはやはり気を張っているということだろうか。

「ヤクザの組長だって趣味を持っている人は多いんだろう？　ゴルフとか…、スポーツじゃなくても観劇とか、骨董《こっとう》とか？　おまえ、何かないのか？」

趣味ではなく道楽と言ってもいいのだが、そういえば、柾鷹はそんな気晴らしになるようなことをしている気がしない。

「……おまえを可愛がることくらいかな？」

どこかとぼけるように言った男を、遙は白い目でにらんだ。

「猫でも飼ってみたらどうだ？」

「縁側にすわってるジジイじゃあるまいし」

ふん、と男が鼻を鳴らす。そして大きく伸びをして立ち上がった。

「風呂、先に使うぞー」

言いながら、その場で無造作にスーツを脱ぎ始めた男に、遙はハンガーを放り投げる。

「ちゃんと吊《つる》しとけ。皺《しわ》になるだろ」

ハイハイ、と雑にスーツを引っ掛けた柾鷹が、それを持ってクローゼットの前までやってくる。

「一緒に入る？」

「狭いだろ」

にやりと笑って聞いてきた男に、遙はスーツを受け取りながら冷たく返す。

「狭いなら狭いなりに、イロイロとやり方はあるけどなー」

クローゼットにハンガーを掛ける遙の背中に柾鷹がべったりと抱きつき、耳元でいかにも意味ありげに言った。

「ま、今日はキスだけでいいさ」

さらりと続けて、怪訝に振り返った遙の身体を横の壁に押しつけるようにして唇を重ねてくる。

「ん……」

舌が絡み、たっぷりと味わってからおとなしく離れていく。

「……おまえ、何か企んでないか？」

正直なところ、ゆうべお預けを食らわせたこともあって、今日は力ずくでくるかもな、と覚悟はしていたのだが。

「おまえがやりたけりゃ、もちろん喜んでお相手するけどな」

腕を組み、いかにも疑り深くうかがった遙に、ネクタイを解き、シャツのボタンを外しながら、柾鷹がさらりと言った。

「明日は沖縄観光なんだろ？　半日寝てるわけにもいかないしな」

「おまえも行くのか？　名所旧跡とか、興味ないくせに」

意外だった。寄港しても、柾鷹は船に残っているつもりかと思っていた。

「行ってもいいかと思ってなー。もしかすると、人生で最初で最後の沖縄かもしれねぇし」

確かに、飛行機に乗れなければなかなか行ける場所でもない。

……と、思い出した。

「ああ…、新婚旅行ごっこがしたいのか」

「ごっこじゃねーだろ。そのまんまだろー」

あきれたようにため息をついた遙に、柾鷹が唇を尖らせる。そしてニッ、と子供みたいに笑った。

「つきあってくれんだろ?」

「おまえが俺の行きたいところにつきあうんならな」

「俺はどこでもいいさ」

肩をすくめて柾鷹が言った。

「狩屋はどうするんだ? ……あ、ネクタイとズボン、寄こせよ」

バスルームの方へ入った男に背中から声をかけると、腕を伸ばして言われたものをドアの外へ投げ出してくる。

シャツや何かは、あとで自分のものとまとめてクリーニングに出せばいい。

「船に居残りだってよ」

パタン、とバスルームの扉が閉まるのと同時に、そんな声が返ってきた。

なるほど、狩屋の言った「あとをよろしく」は明日のことも含まれているらしい。

この時、遙は単純にそう考えていた――。

三日目

――遙――


この夜、遙が泊まったのは船ではなく、那覇《なは》のホテルだった。

夕方に出航した船に見事に乗り遅れたのだ。……もちろん、柾鷹のおかげで。

「おまえ…、わざとだろう？」

ホテルの部屋へ落ち着くと、むっつりと遙は男をにらみつけた。

もともと柾鷹と一緒では、そうあちこちは動けないな、と思っていた。

とりあえず波上宮《なみのうえぐう》へよってから、守礼門《しゅれいもん》を抜け、首里城《しゅりじょう》へと向かい、ぶらぶらと風情ある石畳を歩いて。かなり急な坂道だったこともあって、暑いだの、しんどいだのと、柾鷹はぶうぶう文句を垂れていた。

ジメジメとした関東と違い、すでに梅雨の明けた沖縄はすっかり真夏の日射しだ。

途中何度も休憩を挟みながら、土産物屋を冷やかしながらの、のろのろとした移動だった。

そして最後に公設市場の東南アジアっぽい雑多な雰囲気を楽しみ、エスニックな食事をして、さてそろそろ船へ帰ろうか、という時になって——柾鷹が迷子になったのだ。

トイレに行ってくる、と何気ない様子で離れたあと、出航ギリギリの時間になっても姿を見せず、携帯にかけても応答はなく、泡を食って狩屋に連絡を入れると、「ホテルは押さえますので、今夜はそちらにお泊まりください。こちらのクルーには伝えておきます」とさらりと言われてしまった。

「明日、船は石垣島《いしがきじま》に寄港しますから、その出航までにこちらにおもどりいただければ大丈夫ですよ」

正直、まったく大丈夫な気はしなかったが、……そうするしかなかった。

これが不測の事態だったはずはない。出航時間を過ぎてから、ぬけぬけと柾鷹は現れたのだ。着の身着のまま、手荷物の一つもなく、財布と携帯だけでチェックインした男の二人連れは、いったいどんなふうに見られているんだろう？　と思う。しかも豪勢なスイートだ。当然ながら、船の部屋とは格段に広さも違う。ベッドなどは倍以上の大きさだった。

「どういうつもりだ？」

騙《だま》された、という気持ちもあり、怒りをにじませて問いただした遙に、つらっと柾鷹は言った。

「だからさー、新婚旅行だろ？」

「ふざけるな」

ぴしゃりと言った遙に柾鷹が肩をすくめ、何気ない様子でリビングのテーブルに近づく。

サングラスを外してテーブルに投げ、どうやらホテルからのサービス……なのか、あらかじめ狩屋が気を利かせて頼んでいたのか、用意されていたクーラーからシャンパンのボトルを引き抜いた。氷の崩れる涼やかな音がする。

「ふざけちゃいないさ。一晩くらい、二人きりで過ごしたっていいだろ？」

明らかに怒っている遙を前に、シャンパンのワイヤーを外しながら、いつになく落ち着いた様子で柾鷹が返してくる。

「二人きりって…」

そんな柾鷹に、遙はちょっととまどってしまう。

ポン、と軽い音を立てて、柾鷹がコルクを抜いた。そのまま、テーブルに用意されていたグラスにシャンパンを注ぎ入れる。

「まー、クルーズだって新婚旅行だけどな。けど、あそこじゃ、二人きりってわけにはいかねぇし。つーか、ふだんならどこにいたって二人だけでいられるわけじゃねぇしな…」

柾鷹の——千住組組長の立場なら、ということか。よほど何かでなければ、確かに柾鷹が外で一人でいるようなことはない。警護という必要はあるにせよ、常にお供がついていて、誰かに見られている。

そういえば、昼間の観光の時は誰もついてきていなかったんだろうか？

「若いのは船に帰らせた。今、陸に残ってんのは俺たちだけだ。ま、こんな観光地だからな。いきなり銃をぶちこまれるような危険は少ない」

遙の頭の中を読んだように、柾鷹が言った。

さらりと言われた言葉だったが、遙はドキッとしてしまった。

つまり、そういう危険がふだんはある、ということだ。実際、撃たれたこともある。

「つきあえよ、一晩くらい。俺だって相当な犠牲を払ってんだぞー？」

柾鷹が懐柔するみたいにグラスを一つ、遙に差し出しながら、ちょっとねだるように言った。

「犠牲ってなんだ？」

おとなしくグラスを受け取りながら、遙は首をかしげる。

「だからさ…、明日は石垣島まで飛行機移動になんだろ？　船に追いつくにはな」

いかにも渋い顔でうなった男に、あ、とようやく遙はそれに気づいた。

高校の修学旅行の時でも、飛行機を回避して、人気の海外ではなく国内を選択した男だ。遙もそれにつきあわされた。

「おまえ、大丈夫なのか？」

「わからんが、……まぁ、しゃあねぇだろ？　おまえと一晩、新婚旅行するためにはなー」

なるほど、そんな恐怖体験の犠牲を払って――なのか。

思わず、遙はくっ…と喉を鳴らせて笑ってしまった。

いい年の男が、ちょっと可愛く思えてしまう。

そんなところがずるいのだろう。

「仕方ないな……」

小さくつぶやき、遙はグラスのシャンパンを飲み干した。

炭酸が身体の中で小さく弾けるような、妙にわくわくとした心持ちになる。

「おまえが飛行機に乗ってる時の顔が見られるんなら、一泊くらいつきあってやってもいいかもな？」

にやりと笑って言うと、あぁ？　とヤクザな男が鼻に皺を寄せて物騒にうなる。

そして、ふーん、という顔で遙を見た。

「激レアだからな。安かねぇぞ？　……おまえのカワイイ顔もたっぷりと見せてもらわねーと」

「それはおまえ次第だろ」

うそぶいた遙に柾鷹が、短く口笛を吹いた。

「おまえのそーゆーとこ、イイよな」

吐息で笑い、ボトルの入ったシャンパンクーラーを吊《っ》り下げて、柾鷹がスタスタと奥のバスルームへと向かう。

「風呂、ここだったら一緒に入れんだろ」

中からいくぶん反響するように声が聞こえてきた。

小さく唇をなめ、遙は空のグラスを持ったままバスルームへ入る。

確かに恐ろしく広いバスルームだった。洗面スペースもシンクが二つ、別にシャワーブースもある。

大理石張りで、浴槽の二辺が大きな窓に面しており、高層階から夕暮れの街並みが一望できた。

大きな丸い浴槽のまわりにはバラの花びらが散らされた、ハネムーン仕様だ。

まさかそれも狩屋のリクエストとは思えないが、正直、チェックインした時にホテルのフロントがどんな顔をしていたのか、思い出したくない。

浴槽の脇にクーラーとグラスを置き、柾鷹が麻のジャケットと黒いシャツを脱ぎ捨てた。

さらにためらいなく下も脱いで全裸になる。

見慣れているはずだったが…、しかし考えてみれば、こんなふうにまともに見ることは少ないだろうか。しかも、こんな明るい中で。

ろくに運動もしてないくせに、がっしりと締まった身体だった。

肩の銃創だけでなく、身体のあちこちに刃物のような痕《あと》が残っているのがわかる。見える背中だけでなく、鏡に映る前や脇腹あたりにも。

自分の知らない、この男の歴史なのだ。

「そんなに見惚《みと》れられると照れんだろ？」

まんざらでもなさそうに、男が顎を撫でる。

「バカ、先にお湯を張れよ」

素っ気なく言うと、持ったままだったグラスを花びらが飾る浴槽の脇に置いて、遙は蛇口をひねった。

「おっ、コレ、入れようぜ。泡泡になるヤツ」

アメニティのバブルソープを見つけて、柾鷹が蛇口の下に落とす。

「先にシャワーでも浴びとけ。その格好で待ってるのは間が抜けてるぞ？」

浴槽はかなり大きく、たまるまでにはそこそこ時間もかかるだろう。

指摘してやると、柾鷹が肩をすくめ、シャワーブースへ向かった。勢いよく水を出し、大雑把に髪を洗い始める。

それを横目にしながら、思い出して遙はランドリー袋を見つけ、柾鷹が脱いだ服をすべて放りこんだ。まったく、着の身着のままなのだ。クリーニングを頼めば、明日のチェックアウトまでにはきれいになってもどってくるはずだ。

「遙」

後ろから呼ばれて何気なく振り返ると、いきなりシャワーでお湯を浴びせられた。

「……ちょっ…、バカ…っ！」

あせってわめくと、柾鷹がシャワーヘッドを持って全裸で仁王立《におうだ》ちしたまま、にやにやと笑っている。

「どうせクリーニング、出すんだろ？　おまえも脱げよ」

それはそうだが、そういう問題ではない。

くそっ、と思いながらも、遙は濡《ぬ》れた前髪をかき上げ、水気を吸っていくぶん脱ぎにくくなったジャケットの袖《そで》を引き抜く。

男の熱っぽい視線を感じながら、シャツを脱ぎ、黒のジーンズを引きおろした。そしていくぶん恥ずかしさをこらえつつ——しかしそれを男に悟られるのもシャクで、ことさら無造作に下着も脱ぎ捨てた。

「髪、洗ってやるよ。新婚サービスな」

にやにやと男が誘う。

「ろくなこと、しそうにないな」

いかにも疑り深く男をにらむと、空とぼけるように柾鷹が言う。

「今日は俺次第なんだろ？　がんばらせろよ」

ため息をついてみせ、しかし内心では少し、ドキドキしていた。

まったく今さら、のはずなのに。

ブースへ入ると、柾鷹が背中からシャワーをかけてきて、ほどよい温《ぬく》もりが肌に沁《し》みこんでくる。

「ほら…、シャンプー、するぞ。目をつぶっとけ」

フックにシャワーヘッドをもどし、後ろから男が言った。そして横の棚のボトルをとると、適当に頭の上に落とされ、指で手荒くかき混ぜられる。

「かゆいところはございませんかー？」

いくぶん裏声で聞かれ、遙は率直に返した。

「ヘタだな。力が強すぎる」

「それは失礼」

少し指の力を抑えて髪が洗われ、やはり他人にしてもらうのは気持ちがいい。

そして気がつくと、肩を撫でた男の両手が二の腕へすべり落ち、脇腹のあたりを愛撫《あいぶ》していた。

「おい…」

その指の動きのあからさまに意図に気づいて、遙は低くうなった。

「俺はどっちかっつーと、ボディを洗う方が得意なんですよ、お客さん」

楽しげに言いながらうなじにキスを落とし、身体を密着させて、前にまわした腕でしっかりと遙の身体を引きよせる。

「ソープでよく実体験してるからか？」

冷ややかに尋ねると、言い訳のように返ってくる。

「行ったことねぇよ。……あー、店は見に行ったことあるけどな。商売で」

まあ、そうかもしれない。女と遊ぶのに柾鷹が店に行く必要はなく、呼べば向こうから来る。

「ま、今は…、他で遊ぶ必要はねぇし？」

一端シャワーを止めてから、吐息で笑うようなそんな声が耳元で聞こえた。

「満足させてもらってるからなー。ただもうちっと、回数増やしてもらえるとなー」

大きな独り言のような調子で続けた男に、遙は鼻を鳴らす。

が、後ろから軽く腰を押しつけられ、すでに硬くなったモノが内腿《うちもも》に当たってくるのがわかって、遙は小さく息を呑《の》んだ。

ボディソープで泡立った男の手が遙の腹筋を撫で上げ、胸へとたどってくる。

「……あ…っ」

小さな乳首が両方同時に摘《つ》まみ上げられ、うわずった声が口からこぼれた。無意識に傾いだ身体を、反射的に前の壁に手をついて支える。

「おまえのちっちゃいココ、感じやすいよなァ…」

耳元でいかにもいやらしくささやきながら、男の指がさらに執拗《しつよう》に乳首をなぶり、押し潰すようにする。

「あっ…ん…っ、……う…っ」

ぬるぬるとすべる指にさんざんもてあそばれ、遙は必死に溢《あふ》れ出る声をこらえようとするが、この空間のせいか、いつもより大きく響いてしまう。その自分の恥ずかしい声に、カッ…と頬が熱くなる。

男の指が片方だけ胸をいじりながら、もう片方が脇腹をたどって這《は》わされ、足の付け根から内腿へとすべりこんだ。

「ふ…っ、……ぁ…あ…っ」

内腿は遙のひどく弱いところの一つで、それを知り尽くしている男の手が煽るように撫で上げる。

「ん…、どうした? まだ始まったばっかだけどな?」

「――あぁ…っ」

意地悪く言いながら、男が軽く耳たぶを嚙み、遙はたまらず高い声を上げてしまう。

ずくん、という、痛みというよりも疼《うず》きが、腰の奥のたまってくるのがわかる。

内腿をさんざんなぶった男の指が、尻の方から狭い溝をいくどもこすり上げ、そしてすでに形を変えていた遙の前を、指先でつっ…となぞった。

「あ…ぁ……っ」

それだけで、がくん、と膝が崩れそうな刺激だった。

きつく目は閉じたままだったが、男の指の動きだけで、自分のモノが早くも硬く反り返し、恥ずかしく持ち上がってしまっているのがわかる。

「ちょっと…、早くねぇか？」

まんざらでもなさげに、柾鷹が低く笑う。

「う…るさい…っ」

身体がさらに火照《ほて》ってくるのを感じながら吐き出した遙にかまわず、ソープの泡だけを塗るみたいに、突き出した遙の前が覆われる。

じれったく、もの足りない刺激に、遙の腰がくねる。

「ハネムーンだし？　今日はどろどろになるまで可愛がってやるから」

「あぁぁ……っ」

そんな言葉と同時に乳首がきつくひねり上げられ、ビクン、と身体が突っ張った。

どうしようもなく崩れそうな身体を、両腕を前についてなんとか立たせる。

しかしそんな努力をあっさりと蹴散らすように、男の両手が足の付け根から内腿をなぶり、ほんの時折、突き出した先端に指が触れて、遙はあせるみたいに腰を揺らせた。

男が耳元で低く笑う。

「遙ちゃんはココ、可愛がってほしいのかなー？」

「ふ…ぁ…、あぁ…っ、——あぁぁ……っ！　よせ…っ」

憎たらしく言いながら、男の手で軽くこすり上げられ、遙はたまらず身悶《みもだ》えるような声を上げてしまう。

先端の小さな穴が指の腹で丸く揉《も》むようにいじられ、さらに無意識に突き出していた腰の狭間《はざま》から、男が指を沈めてきた。固く閉じた窄《すぼ》まりが様子をみるみたいに軽く押し広げられ、ぬめる指がゆっくりと入りこんで来る。

「遙…、こっちで感じてろ」

小さく笑うように言いながら前が愛撫され、その隙に後ろの指がさらに深く侵入する。馴染《なじ》ませるように何度も抜き差しされ、遙の腰は待っていたようにそれをきつくくわえこんでしまう。

「……あっ…、あぁ…っ、……ふ…、ぁ…っ、——あぁ…っ」

やがて二本に増えた指が中を搔きまわし、遙の弱いところを押し上げるようにして突き上げる。

「ここ…、イイんだろ?」

「あぁぁ…っ、やめ……っ、そこ……っ」

前後に与えられる刺激に頭の中が白く濁り、遙はただ腰を振りたくった。

男の指にくびれがこすられ、先端が爪でいじられて、とろとろと溢れ出した蜜《みつ》が男の手を汚しているのがわかる。

しかし射精することは許されずに、前と後ろと、交互に押しよせる波に身体が翻弄《ほんろう》される。

「たまんねぇなァ…」

ため息のような声が聞こえたかと思うと、首筋からうなじに嚙みつくようなキスが落とされ、後ろから指が引き抜かれた。

「あぁ…っ、まだ……っ」

思わず上がったもの欲しげな声に、身体が熱くなる。

「こっちが限界だって」

低く笑って、男の腕がなかば崩れた遙の身体を引き起こす。

そしてさっきまで指をくわえていたところに、硬いモノが押し当てられた。

濡れた先端で淫《みだ》らに溶けた襞《ひだ》がこすられ、ずくっ…と、その奥が疼く。

「入れていいか？」

頬をこすり合わせるようにして、耳元で尋ねてくる。

優しさではなく、単なる嫌がらせだ。

「ん…？　ダメなのか？」

答えられずにいる遙に、さらに楽しげに聞く。

「早く…しろ…っ」

どうしようもなく、吐き出すように言った遙のうなじにキスを落とし、男の手が遙の腰をつかんだ。

そして次の瞬間、グッ…と熱いモノが身体を食い破ってくるのがわかる。

「あぁぁ……っ！」

一瞬の痛みと同時に、男の腕がきつく遙の身体を引きよせた。

深くつながったまま、なだめるように男の手が遙の胸を撫で、足を撫でて、わずかに力を失った前を優しく愛撫する。

ドクドク…と、自分の中に脈打つ男を感じる。

「やっぱすげぇ…、気持ちイイな…。おまえの中……」

かすれた声が背中に落ちる。

「動いて…、いい……から…っ」

声を絞り出すと、遙の背筋が優しく撫でられる。そしてその手が腰をつかむと、一気に突き上げられた。

「あぁぁぁ…………っ！」

その衝撃に大きく背中を反らせて、遙はあえいだ。

中が何度も激しくこすり上げられ、目の前が赤く染まる。意識が濁り、何かに溺《おぼ》れていくような感覚に全身が吸いこまれる。

追い上げられ、こらえきれずに遙は達していた。目の前の壁に自分の放ったものが飛び散るのが見えて、頬が熱くなる。

と同時に、中が熱く濡らされたのがわかった。

糸が切れたみたいにずり落ちそうになった遙の身体から男のモノが抜け落ちる。

「おっと…」

遙の腰に力強い腕がまわされ、正面から抱き起こされる。

「まだ前戯みたいなモンだぜ？　これから夜は長いしな？」

「そんなにつきあえるか…」

ぐったりと男の胸にもたれたまま、遙はうなった。

「えー、新婚旅行だろ？　ハネムーンベビーできるくらいやらなきゃなァ…」

勝手なことを言いながら、背中を撫で下ろした男の指が腰の狭間にすべりこみ、まだ熱をもってじくじくと疼く窄まりを押し開いた。

あっ、と短く声を上げ、反射的に腰を逃がそうとしたが、もう片方の腕にしっかりと押さえこまれてまともに身動きができない。

そのまま指が差しこまれ、中に出されたものが掻き出されて、しかしその指の感触に遙は淫らに腰をうねらせてしまう。

「……ほら、おまえだってまだやる気満々じゃねぇか…。俺の指、うまそうにくわえこんでるしい？」

にやにやと笑って言うと、遙の身体を後ろの壁に押しつけ、唇を奪ってくる。

攻め入ってきた熱い舌が遙の舌を搦《から》めとり、たっぷりと味わわれる。遙も無意識に両腕を伸ばし、男の肩にしがみついた。

前がこすれ合い、ビクン、とおたがいに反応するのがわかる。

ぼんやりと開いた目の前に、ガラス越し、泡で盛り上がったバスタブが見えた。

「風呂が……」

「ああ…、あっちも入んなきゃな」

シャワーでおたがいの身体のソープをざっと落としたあと、なかば遙の身体を抱きかかえるようにして浴槽まで行き、柾鷹が手を伸ばして蛇口を閉じる。

いったんバラの花びらが散る縁に腰を下ろした遙は、重い身体をまわして足から湯船に浸かった。温かいお湯と、顎のあたりまで泡に包まれて、ホッと息をつく。

ほら、とシャンパンを注いだグラスを差し出されて、ありがたく喉を潤した。

自分もグラスいっぱいに酒を入れてから、向かい合うように柾鷹が湯船に入ってくる。わずかにお湯が溢れて床を濡らした。

おたがいに投げ出した足が相手の足にあたり、見えない泡の下でイタズラするみたいに、柾鷹の指先がふくらはぎのあたりをつっついてくる。

ちょっと思い出して、遙は喉で笑っていた。

「……なんだ?」

足のイタズラをやめ、怪訝そうに柾鷹が首をひねる。

「なんだ?」

「いや…、昔、寮にいた頃を思い出した。おまえがいたら風呂が空いてたのが、数少ない、おまえと一緒でよかったことだったな、って」

寮の風呂は入れる時間が決まっていたのだが、やはり柾鷹と一緒になるのを避ける寮生は多く、行き合わせると空いていて入りやすかったのだ。たまに狩屋と三人だけの時もあったくらいだ。

当時はうんざりとしていた寮生活だが、今思い出すと妙に懐かしい。

いい思い出、とは到底、言えないはずなのに。

「数少ない、かよ…」

柾鷹が唇を尖らせるようにして拗ねてみせる。

「俺はおまえのおかげで楽しい学生生活だったけどなー」

「俺は最悪だったよ」

容赦なく、遙は言い放つ。

「だが結局、俺から離れらんねぇんだろ？」

にやにやと柾鷹がうそぶく。足の先で遙の内腿のあたりまで撫で上げながら。

「俺がおまえを見捨てたら、他へのしわ寄せが気の毒だからな」

男のイタズラはまったく気づかない素振りで、遙はとぼけるように言った。

そしてふと、笑ってしまう。無意識につぶやいた。

「仕方ないよな…」

うっかり出会ってしまったのだ。

こんな……忘れようにも忘れられない男に。

飽きることもできない男に。

「後悔はさせねぇさ」

柾鷹が静かに言った。

そして鼻の頭に泡をつけたまま、スッ…と湯の中で身体をよせてくる。

その鼻先に、遙は空のグラスを差し出した。

「お代わり」

柾鷹がそのグラスをとり、後ろのボトルをとってシャンパンを注ぐ。

しかし手を伸ばした遙にそのグラスを渡すのではなく、自分がグッ…と飲み干した。

そのまま遙のうなじの髪をつかむようにして引きよせ、口移しに飲まされる。

「ん……」

冷たいアルコールが体内をめぐり、シャンパンの泡なのか、バブルバスの泡なのか…、身体の中でも外でも心地よく弾けているようだった。

キスを繰り返しながら、男の手が確かめるように遙の肩を撫で、背中から脇腹を撫でてくる。

「ダメだ…、ベッドに行ってからにしろよ」

さらに足から前へとまわってきた手をひねり上げ、遙は命令する。

風呂の中で少しアルコールがまわったのか、こうやってじゃれ合うのも悪くない気がした。

「ベッド、な？　そりゃ、楽しみだ」

にやりと男が笑う。そしてザパッ…と立ち上がると、シャワーで泡を落とし、バスローブを羽織った。

もともと柾鷹は烏《からす》の行水《ぎょうずい》で、それほど長く浸かっているのは見たことがない。

純粋に入浴、ということであれば。

「……あ、ランドリー袋、俺の服も入れて廊下に出しといてくれ」

バスルームを出ようとした男に、思い出して声をかける。

「あー？　人使いあれぇなァ…」

「そのくらいしろ。ふだんが甘やかされ過ぎなんだよ、おまえは」

むっつりとうなった男にぴしゃりと言うと、ハイハイ、と柾鷹がランドリー袋を拾い上げ、遙の服も入れて片手にぶら下げてバスルームを出る。

「おまえも早く出てこいよ？」

ドアのところで振り返って言った男に、遙はシャンパンのボトルを振って言った。

「これがなくなったらな」

もう残りは四分の一くらいだ。

すでに窓の外は暗くなっており、街の夜景がきれいに見えるようになっていた。

ゆったりと身体を伸ばし、冷たいシャンパンを楽しみながら、遙はゆったりと身体を伸ばす。

新婚旅行かどうかはともかく、確かに柾鷹と二人だけ——という状況は、そうはないんだろうな、と思った。

もちろんふだんでも部屋の中では二人だけだし、用がなければ邪魔をされるわけでもない。

それでも常にそばに誰かがいる、という感覚はあった。

——ホントに二人だけなのか……。

まわりの誰も自分たちのことは知らない。

そんな状況は、もしかすると初めてかもしれなかった。学生時代だって、寮生活だったから常に隣の部屋には同級生がいたし、……狩屋もいた。

今だけは、ただの恋人同士……なんだろうか？

ちょっと不思議な感じだった。

ヤクザの組長——もしくは息子、という以外の柾鷹を、遙は知らなかったから。

何のしがらみもない、ただの恋人……を、柾鷹はやりたかったのだろうか？

だったら一晩、つきあってやってもいいか、と思う。

まあ、結局のところ、ベッドで過ごすだけになりそうだったけれど。

シャンパンを空け、軽く髪を乾かしてから、ようやく遙はバスルームを出た。

リビングに男はおらず、奥のベッドルームに進むと、昼間歩き疲れたのか、シーツの上で目を閉じてぐったりと伸びていた。

その横に腰を下ろし、何気なく手を伸ばして、遙は生乾きの男の髪を指先ですいてやる。

そのまま手のひらで頬に触れ、そっと声をかけた。

「寝たのか？」

別にかまわないのだが、……夜中にたたき起こされそうな気もする。

と、いきなりその手がつかまれて、ちょっとあせった。

「寝れるわけねーだろ？　わくわくの初夜だっつーのに」

「いったい何回初夜があるんだ？」

あきれて言った遙にかまわず、柾鷹がむっくりと身体を起こす。

そして、つかんだままの遙の左手を、両方の手で包みこむように握った。

「……え？」

何か、硬く冷たい感触が指に触れたのがわかる。

柾鷹が両手を開くと、遙の薬指に銀色の指輪がはまっていた。

驚いて、一瞬、声が出なかった。

いったい…、どこに隠し持っていたのだろう。

「迷子になった時、これ、買ってたって言ったら信じるか？」

どこか自慢そうに笑った男を、遙はじろっとにらむ。

「そうなのか？」

買うのに夢中になって船に乗り遅れた——とは到底信じがたいが、迷子のふりをしていた時に見かけて買ったのは本当かもしれない。

「今さら指輪もねーけどな…。目についたんでな」

ちょっと照れるように視線を逸らせたまま、いくぶん早口に言う。

身体の中がムズムズするみたいに、……うれしかった。

多分、かくれんぼするみたいにコソコソと逃げていた時、店先でふとこの指輪を見かけて。

やはり、新婚旅行だと自分で騒いでいただけに、そういう発想になったのかもしれない。

そういえば、指輪もやってなかったなァ…、と。

そして遙に贈りたいと……思ったのだ。この男が。

そんな不意打ちがこの男のずるいところで、……それだけのことに感動してしまう自分は、ずいぶんとちょろい男だったんだな…、と我ながらあきれてしまう。

「いいデザインだな」

それでも、遙は微笑んで言った。

波の模様が透かし彫りになった、シンプルなデザインのシルバーリング。ハワイアンジュエリーみたいな雰囲気で、それほど高いものではないのだろう。

だが…、そう。

誰かに買いに行かせるのではなく、適当に高い指輪を見繕《みつくろ》ったわけでもなく。

この男が自分の目で見て、気に入って、……遙のために自分で買った、というところに価値がある。

意外とロマンティスト——なのか。

まあ、ヤクザなんぞという時代後れな稼業に命を賭けているような連中は、みんなどこかそんなところはあるのかもしれない。

「礼はキスでいいぞ?」

ずうずうしく顎を突き出してきた男の頬をひねってから、遙はそっと唇を近づけた。

唇の端に、そして軽く唇を重ねる。

自分からのキスすることはほとんどなくて、ちょっと気恥ずかしい。

と、バードキスで離そうとした遙の腕がいきなりつかまれ、そのままベッドへ引き倒されて、両手をシーツに縫いとめられるような形で唇が奪われた。

熱く貪欲な舌が絡み、思うままに貪《むさぼ》られ、何度も角度を変えて求められる。飲みこみきれない唾液が唇の端からこぼれてシーツを汚し、濡れた唇が軽く男の指で拭われる。

「キスだけでいいとは、おまえにしては謙虚だな？」

ようやく顔を上げた男を見上げ、遙は意味ありげに言った。

……もちろん、それですむなどと思ってはいない。

だから、これはちょっとした駆け引きのようなものだ。

「だけ、とは言ってない」

乱れたバスローブの裾《すそ》をめくり、どこかのエロオヤジよろしく遙の足を撫で上げながら、澄ました顔で男が答えた。

「ついでに言えば、キスの場所も唇だけとは限らない」

ニッ、と悪巧みするような顔で言われ、遙は眉を寄せる。

「どこにする気だ？」

「おまえの体中、全部」

つらっと言うと、手始めみたいに剝き出しにした遙の足に唇を這わせた。片足の、指の先をなめるように口にくわえる。

「バカ」

くすぐったく、遙は蹴り倒すように男の顔を足で押しやる。

と、その足がつかまれ、上目遣いに楽しげに遙を見つめながら、唇が徐々に上へとたどってくる。

「んっ…、あ……」

先行するように指が足を撫で、やわらかな内腿のあたりが痕が残るほどきつく吸い上げられて、思わずうわずった声がこぼれる。

そのままちろちろと足の付け根がなめられ、そしてじわじわとそこへ近づいてくる予感に、知らず身体が熱くなるのがわかる。

無意識に閉じようとした足ががっちりとつかまれ、恥ずかしく剝き出しにされた中心が男の目の前で揺れる。

にやっと下から遙を見上げて、男がその先端に舌先で触れた。

「あ……」

無意識に両手でシーツをつかみ、たまらず遙は顔を背ける。

本当に触れるだけの軽さで、男の舌が先端の小さな穴をつっつき、表面をなぞるようにしてなめ上げる。

それだけでビクン、と反応するみたいで、遙は思わず息を詰めた。

「おまえのココは素直でカワイイよなぁ…。ほら、どんどん硬くなってるぞ?」

にやにやと言いながらさらに舌が這わされ、その言葉と舌の感触に自分でもそこが張りつめてしまうのがわかる。

「あ…、ん…っ、……もう…っ、まさ……たか……っ」

くすぐるみたいにやわらかくなめられるだけで、どうしようもなく腰が疼いてたまらなくなる。

もっと……強くしてほしかった。

「ん? どうした? おしゃぶりのおねだりか?」

そのいかにもうれしそうな声に唇を嚙み、遙は男の頭を拳で殴りつける。

「ほら…、どこをして欲しいのか、ちゃんと言ってくれねぇと。わかんねぇだろ?」

嘘をつけ…っ、と内心で罵るが、焦れる遙を尻目に、男は持ち上げた足に頰ずりするように顔を寄せ、再び内腿をなめる。

「おっと…、ダメだろ?」

たまらず伸びた手が無慈悲に男の手に払われ、お仕置きみたいに内腿が甘嚙みされる。

「あぁ…っ」

自分でも驚くくらいの甘く大きな刺激に、知らず腰が跳ねた。とく…っ、と先端から蜜が溢れ出してしまう。

「あぁ？　もう我慢できねぇみたいじゃねぇか…」

嫌がらせみたいに言いながら、男の指がそれを拭いとった。

その刺激にも腰がガクガクと揺れてしまう。

「どうしてほしいんだ？　ほら…、おしゃぶりしてほしいのか？」

意地悪く聞かれ、小刻みに震える先端が指で弾かれて、遙は大きく身体を仰《の》け反《ぞ》らせた。

「して……くれ…っ」

頬を熱くしながら、どうしようもなく言葉を絞り出す。

「喜んで」

にやりと笑い、男が先端に唇を近づけた。

とろとろと溢れる蜜が舌にぬぐい取られ、それだけで肌がざわつく。さらに深く口にくわえこまれ、男の舌がたっぷりと唾液を絡めるみたいにして遙のモノをしゃぶりあげる。

じゅぶじゅぶと濡れた音が耳について、それだけで燃えるように全身が熱くなった。

「あぁっ…、あぁぁ……っ」

甘い快感が下肢をとろかせていく。

根元の双球がやわらかく指で揉まれながら、さらに先端が吸い上げられて、あっという間に限界まで近づいていく。

「ふ…、ぁ…、……ダメ……もう…っ！」

遙は無意識に男の髪をつかみ、自分の下肢に押しつけてしまう。

「まだだ…」

いったん顔を上げた男が、淫らに唾液を絡めて反り返した遙のモノを根元で押さえこみ、再び顔を埋めてきた。

遙の腰をわずかに持ち上げ、奥の溝を舌先で愛撫する。

「あぁっ、あぁぁ……っ」

ただでさえ疼ききった身体が、その部分への刺激でさらにたまらなくなる。

唾液に濡れたところを指でこすり上げ、さらにその反応を楽しんでから、その奥の窄まりへ舌先が侵入していく。

「あぁ……」

無意識にきつく引き締めてしまった襞が男の舌で優しく愛撫され、唾液をたっぷりと落とされる。さっき一度、男のモノをくわえこんだそこは、与えられた前戯だけであっという間に溶け始めていた。

浅ましく収縮し、男の舌をくわえこもうとする襞が舌先でこじ開けられて、ぴちゃぴちゃと中がなめられ、遙はきつく目をつぶったまま、どうしようもなく腰を揺らす。

指先でさらに大きく襞が押し開かれ、さらに奥まで舌が差しこまれて、あまりの快感に意識が遠くなる。

「前も後ろもとろっとろだな…」

ため息をつくようにつぶやき、顔を上げた男が舌の代わりに指を二本、無造作に突き入れた。

「ふ…、あぁぁぁ……っ！」

何度も抜き差しされ、中が掻きまわされて、その刺激に遙は大きく仰け反る。

それと同時に前がこすり上げられ、遙はもう自分が何を口走っているのかもわからないまま、あえぎ続けた。

「イク…っ、イク……っ、もう……っ」

それに男が吐息で笑った。

「ほら…、いいぜ…。おまえのイキ顔、見せろよ」

そんな熱っぽい声とともに、中で指がポイントを強く突き上げる。

「ひ…、あ…っ、あぁぁぁ……っ」

大きく腰を跳ね上げ、遙は達していた。

熱く火照った身体がぐったりとシーツに沈む。

力なく投げ出された足が引きよせられ、あ…、と気がつくと、男の猛《たけ》ったモノが潤んだうしろに押し当てられていた。

「俺のもよくしてもらわねぇとな…」

いつの間にかバスローブの肩を落とし、男の上体は剝き出しになっている。

かすれた言葉と同時に、深く突き入れられた。

「あぁぁ…っ！」

衝撃に、びくん、と遙の身体が仰け反る。

硬く熱い感触に、自分の溶けた中が絡みついていくのがわかる。

「あぁ…、すげぇな…。おまえの中」

膝立ちになった男がため息をつくようにつぶやき、腰をつかむようにして、さらに激しく突き上げた。

「……んっ、あっ、あぁっ……あぁ…っ」

イッたばかりの遙の中心も、中をこすり上げられてあっという間にまた反応を始めてしまう。

「――あぁ…、くそ…っ、締めすぎだろ…っ」

うなった男が遙の中で達し、抜かないままに重い身体がのしかかってくる。

「たまんねぇ…」

吐息のようにつぶやいて、男が懐くように遙の首筋に顔を埋め、キスを繰り返す。

荒い息をつきながら、その熱い身体に遙は無意識に両腕をまわしていた。

可愛い……と思ってしまう。

このどうしようもない男が。

髪か身体にくっついてきたようで、バラの花びらが二、三枚、シーツに落ちているのがぼんやりとした視界に映る。

洗脳されたわけではないが、新婚旅行か…、と、遙はちょっと笑ってしまった。

初夜でなくともふだんから好き勝手にやりまくっている男だが、この夜はまだまだ長そうだった――。

## 四日目

――遙――


レイトチェックアウトができたようで、結局昼過ぎまでホテルで過ごし、午後の便で石垣島へと渡った。島の観光はできないまま、まっすぐに港へと向かう。

狩屋も降りなかったらしく、船上で出迎えてくれた。

おう、と軽く手を上げてから、「夕飯までちょい寝るわ」と、柾鷹はげっそりした様子で客室へ入っていった。

「柾鷹さん、飛行機は大丈夫でしたか?」

その背中を見送ってから尋ねてきた狩屋に、遙は小さく笑う。

「青い顔で必死に寝てたよ」

ずっと遙の手を握ったまま。

かわいそうなので、遙も振りほどかずにつないだままにしてやっていた。

「一つ、貸しだからな？」

「申し訳ありません」

腕を組み、軽くにらむようにして続けた遙に苦笑しつつ、狩屋が静かに頭を下げる。

今回、狩屋は柾鷹側についた、ということだ。ふだん、柾鷹の尻をたたくために、遙は狩屋と共闘することも多いのだが。

「明日は台湾だろ？　昨日みたいなのは勘弁してくれよ」

「海外でそれは…、ちょっと危険すぎますからね」

そんな狩屋の言葉にホッとする。

しかし柾鷹にとっては一日だけの、本当の休日だったのかもしれない。

「では、夕食で」

と、別れ際、ふと、狩屋が遙の左手の指輪に目をとめたようだった。

ファッションリングだ。特に深い意味を考える必要はないはずだが、狩屋なら遙がこれまでアクセサリーを身につけたことがないのは知っている。

そうでなくとも、察しはいい男だ。

しかし、何も言わなかった。

クルーズは四日目の夜を迎えていた――。

五日目

――レオ――


台湾に入港したのは、五日目の朝だった。

レオナルド・ベルティーニ――レオにとって、クルーズはこれからが本番になる。

このクルーズに参加した目的が、だ。

幼い頃からの補佐兼警護役であり、お目付役《めつけやく》であり、恋人でもある――少なくともレオはそのつもりだ――ディノと一緒に、一応台北《タイペイ》にも上陸して半日観光を楽しんではいたが、正直なところ、今夜からのことを考えると、少し気持ちが落ち着かなかった。

不安というより、いよいよ、という高揚だ。

二十一になり、アメリカでは正式な成人の年を迎え、ふだんは大学生として過ごしているレオだったが、ベルティーニの跡目という立場は幼い頃から自覚していた。

その「仕事」についても、父のそばでずっと見ていて、学んでもきた。小さな交渉から少しずつ、任されるようにもなっていた。

そして今回のこのクルーズでの目的は、レオにとってこれまでで一番大きな仕事になる。

そもそもの発端は、二年前だった。

この「パール・オブ・ザ・テティスⅡ」の香港《ホンコン》からベトナムを周遊するクルーズに、ロバート・フェレーロという政治家が参加した。陸軍から弁護士へ転身したあと、州議会議員を経てニューヨーク州から選出された下院議員である。現在、四十八歳で、副大統領候補にも名前が挙がるようになった、若手の実力者だ。

その時の旅行は完全なプライベートであり、妻と娘が友人たちと香港の世界的な遊園地で遊んだり、エステやらスパやらで身体を磨いている間、ロバートは一人、のんびりとショートクルーズで羽を伸ばしていた。社会的な身分はあったが、昔から身軽に一人で動くのが好きな男のようだ。

だがその身軽さと、やはり旅先という解放感からか、うっかり甘い罠《ハニートラップ》にかかってしまった。

船内のショーに出ていた若い女性と、一夜の関係を持ったのである。

本人曰《いわ》く「東洋人だから若くは見えたが、相手は十八だと言っていた」ようだが、どうやら十六歳の少女だったらしい。

ロバートは既婚者なので、もちろん不倫と呼ぼうが浮気と呼ぼうが、問題なのは問題だが、まあ、旅先での気の緩みであり、不徳の致すところ、と土下座《どげざ》の勢いであやまれば、まだなんとかなる。大統領でさえ、セックススキャンダルは避けられないのだ。

が、相手が未成年なのは、政治家として致命的だった。

アメリカ国外なので、法律上どういう扱いになるかは別にしても、表沙汰《おもてざた》になれば有権者の支持は一気に失う。

その時のベッドの様子が隠し撮りされていたということは、あらかじめターゲットにされていたのか、あるいはランダムに選んだ相手にたまたまロバートが当たってしまったのか。

ただここ一、二年で大きく名前が知られるようになって、社会的な地位も上がったためだろうか。その「取り引き」の電話がかかってきたのが先々月のことである。

相手はイーサン・リンという香港の三合会《さんごうかい》――いわゆる黒社会の有力な一つである、応龍《イエンロン》の幹部だった。

その画像データと引き替えに、という要求は金もあったが、どうやらそれ以上に、貿易上の便宜やら、外交的な特権でのドラッグのアメリカへの持ちこみやらと、ロバートの地位をフルに使った商売を考えているらしい。

悩んだロバートは、この件についてベルティーニに相談を持ちこんだ。

同じイタリア系ということもあって、古くから、そしてもちろん陰ながら、二人は長い交友があったのだ。

そしてそのイーサンとの交渉を、レオが任されることになったのである。

これだけの仕事を一人で手がけるのは初めてだった。

ロバートの意向を確認し、相手方の綿密な分析をして、さらにまわりを固める。

イーサンは台湾から船に乗りこむことになっていた。

いつ乗りこんできたのかはわからなかったが、夕食の席でメモがまわってきた。相手にも、レオが代理人だということは知らせている。

ベルティーニが出てきたあたりで、ちょっと面倒なことになった、という感覚はあるのだろうか。

『0時。アサイラムにて』

過不足のない、短い内容だった。そして、Lだけのサイン。

ディノにまわすと、それを一瞥《いちべつ》してからポケットにしまう。

「千住《せんじゅ》の組長さんたちを連れ出さなきゃね…」

きれいにナイフを使いながら、レオは独り言のようにつぶやいた。

相手方が取り引きの場所を日本発着のこのクルーズに指定した時、狩屋《かりや》を——千住のことを思い出したのだ。

立ち会わせるにはちょうどいい、と思った。勢いのある大きな組で、バックの神代会《かみしろかい》の名前はもちろん、イーサンも知っているはずだ。

だから、沖縄で組長が乗り遅れた、と聞いた時は、正直、えっ？　と焦ってしまった。

気まぐれな方ですからね、とのんびりと言った狩屋に自分の動揺は悟られていたらしく、ただ一言、聞かれた。

「問題でも？」

当然ながら、初めから千住を巻き込むことなど伝えてはいなかったが、まあ、彼らにしても何もないと思っているはずもない。

「……いや、ないよ。決定的に困りはしないけど、いてくれたらうれしいって感じかな。俺がまだ若いだけに、いろいろと……ね」

なるほど、とうなずいた狩屋は、それで判断するところもあったのだろう。

そして組長は、次の寄港地で追いついてきた。

遙との二人の時間を楽しみたかったらしく、……だがまあ、その裏にこちらを試すような意図があったとしても不思議ではない。

そして、真夜中。

千住の組長を相手に妙な駆け引きをするつもりはなく――ヘタなことをするとかえってこじらせてしまうものだ――用があるから組長を連れてきてほしい、と狩屋に頼んだ。

いったんメインロビーで落ち合ってから、最上階デッキにあるアサイラムへ向かう。

「……で、何の用だと？」

たらたらと歩きながら、いくぶん不機嫌な調子で組長が聞いてくる。遙との時間を邪魔したせいかもしれない。

「せっかく遙とラブラブお風呂タイムだったのによー」

「ホントに組長さん、ハルにベタ惚れなんだね……」

ちょっと感心してしまうくらいだ。

「あんなイイ男、他にいねーからな」

にやっと自慢そうに笑う。

柄物のショートパンツに白のシャツという、いかにも南国リゾートな格好だ。

レオもデニムに大柄のパーカーという、あえて学生っぽいラフな服だった。ディノと狩屋はネクタイも締めたきっちりとしたスーツ姿で、すれ違う人間はいったいどういう組み合わせなのかと首をひねるくらいだろう。

真夜中のシンデレラタイムだが、連日のパーティーやら、バーやら、そしてクルーズのメインであるカジノやらには、まだ賑《にぎ》やかに遊んでいる客も多いようだ。屋外のデッキへ出るとさすがに肌寒いこともあり、ほとんど人の気配がない。

「ちょっと組長さんにつきあってほしいとこがあるんだ」

レオはことさら軽い調子で言った。

「場所じゃねぇだろ。どういうヤツだ？」

首の後ろを掻《か》きながら、いくぶんめんどくさそうに組長が返してくる。

さすがに鋭い。

「イーサン・リンて…、応龍の男」

さらりと答えると、ふっと一瞬、背中で空気が張りつめた。

さすがに狩屋は知っているらしい。

「誰だ？」

しかし組長はうめくように尋ねている。

「香港の…、応龍という三合会ですね。名前も聞いたことがあります。イーサン・リン…、四龍の一人じゃないですか？　応龍の最高幹部の」

知っている人間なら、その名前だけで顔色を変える。

しかし、わかったところでたいした感慨もなさげに、ふーん、と組長がうなった。

「で、俺に何しろって？」

「組長さんはいてくれるだけでいいんだよ。……何て言うの？　立会人っていうか、見届け人っていうか…、そんな感じ？」

あっさりと言ってから、穏やかに続ける。

「大事な交渉なんだよね。あとで言った言わない、約束したしてない、みたいなことにはなりたくないし」

国を超えたマフィア同士のやりとりだ。念書を交わすとか、契約書にサインするとか、そんな状況ではない。おたがいの言葉が証《あかし》になる。

が、日本のヤクザで言うところの仁義がないヤツらも多いわけで、あとでゴタゴタしないための証人、というのだろうか。

応龍を相手にするなら、そのくらいの保証は必要だった。

交渉は勝負なのだ。勝つか、負けるか、引き分け《ドロー》か。

負ければ、相手は要求を通すだけだが、勝った場合、あるいは引き分けた場合でも、相手が強引な手に出ないとも限らない。

つまり千住が立ち会うことで、ここでの交渉のあと、もし言を違《たが》えれば、相手方だけでなく日本のヤクザに対して、その組織は今後の交渉相手としてまったく信用できない——という事実をさらすことになる。犯罪組織も国際化の時代、それはいささか商売に支障が出ることを考えると、うかつには動けない、というわけだ。

「あちらは、千住が来ることを知っているんですか？」

狩屋が冷静に尋ねてくる。

「知らないだろうね」

肩越しに振り返り、小さくレオは笑ってみせる。

「別にケンカするために会うわけじゃないから」

船の上だ。おたがいに逃げ場のないこんな場所だと、いい抑止力にもなる。

「それに、向こうにとっても別に困ることじゃないはずだよね？」

にっこりとレオは笑った。

もちろん、レオにとっても諸刃《もろは》の剣《つるぎ》と言える。

自分がこの交渉を成功させることができなければ、千住の前でも恥をさらすことになるのだ。

ベルティーニの跡目としての力が試される場面だった。

ふん、と組長が鼻を鳴らす。

「立ち会いかよ…。かったるいな」

「いいじゃない。ハルと船旅できるんだし」

会話は軽い調子だったが、それぞれに抑えきれない緊張感がにじみ出ているのがわかる。

そして、アサイラムへ上がる手前の階段まで行き着くと、いかにも中国系の男が二人、待ち構えるように立っていた。

「レオナルド・ベルティーニ様ですか？」

交渉人として名前が挙がった時点で、下調べはしたのだろう。

まっすぐにレオを見て、きれいな英語で確認してくる。

「そうだよ。イーサンは上かな？」

レオは微笑《ほほえ》んで返した。

「武器をお預かりしても？」

淡々と聞かれ、レオは肩をすくめた。

「ディノ」

名前だけ呼ぶと、ディノが懐《ふところ》に片手を入れる。

ふっ、と前の男二人が身構える中、ディノが銃を取り出して男に手渡した。

「どうも。失礼ですが、ボディチェックをさせていただきます」

ちらっと後ろの男たちに視線をやってから――レオの手下という感覚なのかもしれない。組長には不本意だろうが――男が続ける。

「用心深いな」

苦笑しつつ、レオは両手を上げた。

パタパタと手慣れた様子で、男がレオの身体をあらためた。

後ろで組長たちも、もう片方の男に身体検査を受けている。組長などは、隠そうにも何か隠せるような服でもなかったが。

「失礼しました。……どうぞ」

案内するように、片方の男が前に立った。

どうやらアサイラムは今夜の交渉場所として封鎖したらしい。まあ、この時間だ。わざわざやってくる酔狂な客もいないだろうが。

昼間は日光をさえぎっている天蓋《てんがい》の布が畳まれ、まばゆい月明かりがデッキソファの並ぶアサイラムに落ちている。

ちょうど真ん中あたりのテーブルに、男が一人、腰を下ろしていた。イーサンだろう。

まわりにはスーツ姿の男が五人ほど、直立不動で立ったままだ。

レオたちの姿に、イーサンがするりと立ち上がる。

「ミスター・レオナルド・ベルティーニですね？　こんなところまでお呼びたてして申し訳ない」

東洋人特有のアルカイックな笑みで、男が朗らかに言った。

この俺にこんなガキを使いによこすとはなめた真似《まね》を――、というような常套句《じょうとうく》がないのはさすがだった。ニューヨークでのこれまでの頭の足りない交渉相手だと、ほぼ例外なく、そんなセリフを吐いたものだが。

三十代なかばだろうか。長めの髪を後ろで束ね、ジャケットを身につけていたが、ノーネクタイのラフな格好だ。

「初めまして、ミスター・イーサン・リン。ようやくお会いできたわけですね」

レオもにっこりと、いかにも無邪気に微笑んで返す。

レオ自身はこれまで直接、イーサンと話したこともない。

「お連れの方はどなたですか？」

そしてさらりと聞かれて、ちょっと驚く。

配下の連中だと、レオの連れだとしか認識していなかったようだが、どうやらイーサンの視線はまっすぐに組長を見つめていた。

それを、横で狩屋が組長に通訳している。

「ご紹介させてください。ミスター・マサタカ・センジュ。日本の…、千住組の組長です」

それにわずかに、イーサンが目を見開いた。

「……ほう」

思わず、というように小さく口からもれる。

「この船に乗り合わせていらしたので、立会人をお願いしたんです」

空とぼけるように言うと、なるほど、とイーサンがうなずく。

こちらの意図も察したのだろう。

そしていくぶん癖のある、しかししっかりとした日本語で口を開いた。

「お名前は耳にしたことがありますよ、千住組長。こんなところでお目にかかれるとは思ってもいませんでしたが」

組長が小さく眉《まゆ》を上げ、へぇ…、といかにも感心したようにうなった。

「日本語、うまいな」

「ええ。応龍の人間はしゃべれる者が多いんですよ。ビジネスでも日本との取り引きは多いですからね」

「そうか。じゃあ、楽でいいな。あんたらの交渉ってのをちゃっちゃとすませてくれよ。こんなふきっさらしだと風邪《かぜ》引きそうだ」

ぶるぶると震えてみせると、手近なデッキソファにどかっと腰を下ろした。

さすがにどんな状況でもマイペースな感じだ。

それでは、とイーサンがゆったりと余裕を見せるようにうなずく。そしてレオに視線を向けてきた。

「交渉というほどのことはないのですけどね。そちらが、こちらの言い値で品物を買ってくださるかどうかというだけですから」

英語にもどし、さらりと口にする。

戦闘開始——だ。

「まず最初に、ミスター・リー。今回の取り引きについては俺に全権が委ねられていますから、ここでの取り決めにロバート…、フェレーロ議員も異を唱えることはないということをお伝えしておきます」

「結構ですね、ミスター・ベルティィーニ。私も無駄な交渉に時間を費やしたくはありませんから」

「レオでかまいませんよ」

微笑んでうなずいた男に、レオはさらりと口にする。

「では、私のこともイーサンとお呼びください、レオ。ただ先ほども言いましたように、交渉の余地はないんですよ。こちらの要求はあらかじめ、フェレーロ議員にお伝えしている通りでね」

男が冷静に、冷酷な牙《きば》を剝《む》く。

一回り以上も年の違う、やはり修羅場の中で生きてきた男なのだろう。だが、レオにしてもあとに引くつもりはなかった。この程度の交渉がこなせなければ、先々ベルティィーニという大きな一族を率いることなどとてもできない。

父も、レオならできる、という信頼で送り出したわけだろう。

こちらの落とし所は決まっているのだ。揺るがず、引くことなく、対することができるかどうか、というだけだった。

ふっと、すぐうしろに、背中を守るようにディノが立ったのがわかる。

そっと息を吸いこみ、レオはまっすぐに男を見つめた。

「フェレーロ議員も腹を決めたんですよ」

ゆっくりと、それだけを口にする。

ふっとイーサンが目をすがめた。

「百万ドル、お支払いするそうです。それで買い取りが完了し、これ以降、すべてを忘れるのであれば。けれど、金以外の協力はできないということです」

イーサンの口元に浮かんでいた笑みが消えた。

「……なるほど。こちらの要求は呑《の》めないと。では、データは全世界に公開されてもかまわないということですね？」

「そうです」

それに短く、端的にレオは答えた。そして微笑む。

「おたがいにわかっているでしょう？　この手の要求は終わりがない。ロバートも私たちのファミリーとのつきあいは長いですから、よく知っている。ですから、最初に支払う分で終わるのでなければ、議員を辞職し、すべてを自分から告白する覚悟ですよ」

「そんなことが…、あの男にできるでしょうかね？」

淡々と続けたレオに、イーサンがあざ笑うようにつぶやく。

「させますよ、ベルティーニが」

それにピシャリとレオは言い切った。

「この交渉が決裂したら、ロバートはすべてをぶちまけます。この船でハニートラップを仕掛けられたことも、国家の安全に関わる要求で脅されたことも。そちらからの要求は、音声もメールも、すべて残していますからね」

ふっ…とイーサンが能面みたいに感情の失《う》せた顔で、息を吸いこんだ。

コツコツと指先がテーブルをたたく。

「ベルティーニの入れ知恵ですか？」

「ロバートが腹をくくっただけですよ。すでに夫人とお嬢さんには話したみたいですし」

軽く肩をすくめ、レオは余裕を作ってみせる。

脅しが脅しにならない以上、主導権はこちらにあった。

「金を受け取ってデータを渡すか、これまでの交渉をすべて無駄にするか、どちらかですよ。まあ、データをいただいたところでコピーがないとも限りませんけど、こちらも確認が必要ですしね。ですから万が一、そのデータが外へもれるようなことがあれば、あなたのミスかどうかに関わらず、ロバートは失職しますし、恐喝の事実についても表沙汰になる。そういうことです」

ふむ…、と短く息をついて、イーサンが考えこんだ。

「そちらが条件を変えるのでしたら、私の方でも調整をしないといけませんね…」

頭の中でいろんな計算をしているらしい男に、レオは続けて言った。

「千住の組長もお待たせしていますから、面倒なやりとりは省きましょう。ロバートとは友人ですから、間に立った責任としてベルティーニがもう百万ドル、上乗せします。それがこちらの最終的な結論です。……クルーズはまだ続きますから、数日中にお返事いただければかまいませんよ。上の方ともよくご相談ください」

さらりと言うと、おやすみなさい、とレオは男に背を向けた。

「……んー?　終わったのか?」

ずっと狩屋の通訳でやりとりは聞いていたはずだが、組長があくびをするみたいに言って、のっそりと立ち上がる。

「まぁ、結論が出たらこっちにも一応、教えといてくれよ」

だるそうに言った組長に、イーサンが鋭い眼差《まなざ》しを向けると、いくぶん挑戦的に尋ねた。

「千住の組長はどうお考えです？」

「俺は単なる立ち会いだからなァ…、俺の金でもねぇし」

あっさりと言って肩をすくめる。

「まぁだが、ハニートラップ一発で二百万ドル？　ぼろ儲《もう》けだと思うがな」

まったくその通りなのだ。

「千住の組長なら引きますか？」

さらに重ねて、イーサンが聞く。

「引くよ。腹くくってるヤツに何言ってもできねぇもんはできねぇし。あんたが意地を通したいっていうんなら、それはそれでもいいたァ思うけどな…。だが、それで応龍の名前を汚すほどの案件じゃねぇな」

「なるほど……」

イーサンが長いため息をついた。

「あぁ…、そうだ。俺はマジで今、組長業は休暇中だから。結果はうちの若頭《わかがしら》に報告してくれ」

ポンと狩屋の肩をたたいて、無責任に言う。

失礼します、と狩屋が頭を下げ、組長が首をまわしながら後ろから階段を下りてきた。

先に立っていたディノが預けていた銃を返してもらい、背中を警戒しながらもゆっくりと中へもどった。

「ったく、つまんねぇことに巻きこむなよな…」

ぶつぶつと文句を垂れる組長に、レオは振り返って微笑んだ。

「簡単な仕事じゃない」

「でもねーだろ…。三合会相手なんてのは、聞いてねぇだろ…」

めんどくさそうに耳の下を掻く。そしてちろっとレオを眺めた。

「どうせ、そのロバートってのから手数料、ふんだくるんだろ？　こっちに立会料、まわせよ」

「だからクルーズ、ご招待したんじゃない。前渡しだよ。ハルとラブラブできるんだしね」

「遙には余計なことを吹き込むなよ」

さりげないようにクギを刺され、レオはくすっと笑った。

「わかってるよ。……ありがと、狩屋。おやすみ」

つま先立ちして、横に立っていた狩屋の頬《ほお》に軽くキスすると、レオはひらひらと手を振って自分の客室へともどっていく。

狩屋かよっ、と背中から憤慨する組長の声は聞こえていたが、じわじわとレオの身体の中に、今さらに熱い興奮が湧いてくる。

「……ね、俺、ちゃんとやれてた」

部屋に入り、いつもすぐそばにいる男に、レオは尋ねた。

ああ、とディノが短く答える。

「よくやった」

そして、ぎゅっと強く抱きしめてくれた――。

六日目

――船長・水尾《みずお》――


六日目――。

乗客たちにとっては一日一日が新鮮なクルーズかもしれないが、船長の水尾にとってはルーティンな毎日だ。

昨日寄港した台北で、水尾は今回の「品物」を受け取った。

ハート型のペンダントトップのようなものが無造作に入った封筒を渡されたのだが、どうやらUSBメモリらしい。一見しただけではとてもそうは見えない。真ん中の膨らんだ部分にダイヤもどきの石が入った可愛《かわい》らしい作りで、よく見るとその石のすぐ横に薄い切れこみがある。どうやら、そこから開けるらしい。

が、水尾は中を見るつもりはなかった。

余計なことをすると命に関わる――気がする。余計なことさえしなければ、問題なくいい商売になるのだ。

好奇心に負けてそれをふいにするほど、自分はバカではない、と思っていた。

最初のやりとりで、「客」のラシックからは手数料を受け取っていた。

あとは「依頼主」から、入金の報告を待てばいい。

それが届けば、客にこの品物を渡す。

――今回はどんなやり方にするかな…？

知り尽くした自分の船の中で、イレギュラーなその方法を考えるのが、水尾にとっては退屈で気疲れする毎日の、ささやかな楽しみだった――。

## 七日目

――遙――


クルーズ七日目の夜は、仮装パーティーが開催されるようだった。

今回のコースは、行きは台湾まで観光地めぐりがメインであり、台湾から日本への帰りはほぼクルーズになる。

大海原に浮かぶ島々を遠く眺めるような景色も美しいが、やはりカジノだ。

連日、華やかな賑わいを見せているらしい。

遙自身はあまり興味はなく、一度のぞいて、スロットマシンとルーレットで五万ほどすったくらいだった。

「おまえ、普通にポーカーとか強そうだけどなー。数字、強いし」

と、柾鷹《まさたか》には言われたが、そんなに人の顔色を読むのが得意なわけではないし、電卓やパソコン上の数字を見るのとはわけが違う。柾鷹はともかく、むしろ狩屋あたりが強そうな気がする。

それこそポーカーフェイスで。

仮装パーティーの日は、そのカジノにも仮装した人々が詰めかけ、ふだん以上のテンションで、勢い掛け金も倍増されるようだ。

夜のメインホールやロビーがパーティーのピークになるようだが、昼過ぎくらいから一晩中、船内のいたるところで仮装した客やスタッフたちが盛り上がっている。

クルーズ自体が非日常の体験だが、それにくわえて仮装という、自分以外の人間になれる機会なのだ。ふだん、めいっぱいためこんでいるものを一気に発散させる人も多いのだろう。

柾鷹などはあまり興味なさげで――クリスマスにサンタの帽子をかぶってきたりするくせに――まあ、ふだんからためこむストレスもないからだな…、と妙に納得する。

そのくせ人には、

「なー、仮装なんだろ？　ウサ耳とかネコ耳とかつけてこいよー」

と、通俗的なリクエストをしていた。

ここで、おまえがな、とか返すと、喜んで耳をつけてきて、俺がやったんだからおまえもやれっ、とか言われることは目に見えていたので、あえて黙殺する。

船内中がわくわくと浮き足立つような空気を感じながらも、ふだんより人の少ない――みんな自室で仮装に凝《こ》っているのだろうか——フィットネスルームで軽く汗を流し、デッキで読書をし、ワインテイスティングの教室に参加した。

ナマケモノのくせに、ただのんびりしているのが苦手な柾鷹は——要するにいつもおもしろいことを探していて、自分がダレたら休む、という身勝手なスタイルだ——ちょこちょこと遙の尻にくっついてうろうろしていた。が、あえてやりたいものもないらしく、すぐに飽きて脱落し、結局射撃練習場で時間を潰したり、カラオケルームで騒音を響かせたり、プールサイドで甲羅干《こうらぼ》しをしたりしているようだった。

……あまり日に焼けると、もどって他の組の組長さんたちにいろいろとつっこまれそうな気もするのだが。

いや、もしかしなくても「ちょっと新婚旅行で」とか、へらっと言いそうで、すごく嫌だ。

三時過ぎに、遙はアサイラムへ上がっていった。

さすがにここはふだん通り落ち着いた空気が流れていたが、それでも客の姿が少ないのはやはり仮装の準備をしているからだろうか。

「ひな子《こ》さん」

しかしいつもそこでレース編みをしている老婦人の姿を見つけ、遙は朗らかに近づいた。

「すごい。大作ですね」

初めて会った時にはスカーフくらいの大きさだったと思うが、今は膝掛《ひざか》け以上の長さはあるようで、テーブルカバーか何かだろうか。

顔を上げたひな子が老眼鏡越しに微笑んだ。

「これしかやってないですもの。海を見ながらぼーっと手を動かしているだけで進んでいくの」

贅沢《ぜいたく》な時間の使い方だ。編み物のためだけに客船に乗っていることになる。

亡くなったご主人との思い出に浸りながら、ということだろう。

「そうだわ。遙さん、できあがったらもらってくださる？　たくさん作りすぎて、家ではもう使うところもないのよ」

「え、いいんですか？」

美しく繊細なパターンの連続で、本当に手のこんだものだ。

「息子たちなんか見向きもしてくれないから、使ってもらえるとうれしいの」

「でしたら、喜んで。旅のいい記念ですし、ひな子さんとの思い出にもなりますね」

「よかった。作りがいがあるわ。……ああ、ちょうどアフタヌーンティーをいただこうと思っていたところなの。ご一緒にいかが？」

誘われて、ありがとうございます、と遙は隣のイスに腰を下ろした。

ウェイターに注文を出してから、ひな子がちょっと落ち着かないように腕時計を眺め、下のデツキの方へ視線を投げる。

「ひな子さんも今夜は仮装パーティー、出られるんですか？」

いつにないそんな様子に、遙は何気なく尋ねた。

「あら、まぁ、まさか。私にはちょっと騒がしすぎるわねえ…。でも若い人たちが楽しそうなのは、見ているだけで私も楽しくなるわ」

目をパチパチさせてから、ひな子がおっとりと笑う。

そして遙の疑問を察したように、鎖のついた老眼鏡を外して胸元へ落としながら小さくため息をついた。

「それがね…、ユキちゃんがまた逃走してしまって。悪いけれど、見かけたら捕まえておいてくださる？」

そういえばユキちゃんの姿もないし、いつもそばにいる京《みやこ》の姿も見えない。捜しに行っているのだろう。

「ああ…、わかりました。気をつけて探してみますね」

「本当にもういたずらっ子で。今夜はそれこそ仮装パーティーでしょう？　いろんな備品があちこちに置いてあるから、紛れこみやすいんじゃないかしら」

「そうですね…。かくれんぼにはいいのかもしれませんけど、ちょっとやっかいですね。誰かが見かけて知らせてくれるといいんですけど」

遙もちょっと眉を寄せて首をひねった。

「今日なんかだと、みんなバタバタしているから……」

ひな子が短く息をつく。

確かに、気がつかないか、気づいてもそれどころではない、という可能性もある。

「まあでも、機関室とか危ない場所の戸締まりはしっかりしてますから。手すりの高さも十分にあるし、隙間《すきま》には網も張ってありますから海に落ちることもないでしょう。きっとすぐに見つかりますよ」

あえて明るく励ますように言うと、ひな子がうなずいた。

「本当に航海士《オフィサー》にも迷惑をかけて申し訳ないわ」

「……ああ、お茶をいただきましょう」

ちょうど運ばれてきたアフタヌーンティーのセットに、遙は話を変えるように言った。

手際よく、ガラステーブルにティースタンドとポットやカップが並べられる。小ぶりなケーキやスコーン、キュウリのサンドイッチがきれいに盛りつけられていた。

「遙さんは仮装パーティーには参加されないの？」

心配事を少し横に置いておいて、ひな子が尋ねてくる。

「俺もあまりそういうのは得意じゃないので…。端で見てるのは楽しいんですけどね。パレードなんかはちょっと見物したいと思ってますけど」

シアターの役者たちが本格的に仮装して、船内を練り歩くと聞いている。

「そうね…、私も夕食の時に見られるかしら。前にこの船に乗った時には、ゾンビの仮装をしてずっと船内を踊っていたけど。……ええと、あるでしょう？　有名な曲」

「スリラーですか？　マイケル・ジャクソンの」

「ええ、そう。それね」

「ゾンビですか…。恐かったのでは？」

「おもしろかったわ。身体の使い方がすごいのね」

くすくすとひな子が喉《のど》で笑う。

「そういえば、今年のテーマはアリスだったかな？　船のスタッフはハートの女王の兵隊って設定で…、みんな何かハートのモチーフを身につけているみたいですね。トランプ柄の帽子とか、エプロンやネクタイがハート柄だったり。アクセサリーも、今日はハートのペンダントやブローチに統一してるみたいですし」

「ああ…、だからさっきのウェイターさんのネクタイがハート柄だったのね」

ひな子がうなずく。意外と鋭く観察していたらしい。

「おもしろいのね…。あら、じゃあ、うちのユキちゃんもアリスのパーティーに参加してるのかもしれないわねえ…」

ひな子が冗談交じりに嘆息する。

そういえばあの猫は、首輪代わりにハート型のペンダントをつけていたのを思い出した。

「ユキちゃんはチェシャ猫より可愛いと思いますよ」

「同じくらいイタズラ好きかもしれないわ」

お茶を飲みながらそんなたわいもない話をしていると、五時をまわった頃、ふいに携帯にメールの着信があった。

失礼します、と確認すると、梓《あずさ》からだ。

『あっちゃん、来てーっ！　シアターの楽屋まで来てーっ！』

と、ずいぶんと切迫した調子の呼び出しだった。とはいえ、梓なのでそれほど深刻な話とは思えない。

しかしちょうどお茶も飲みきったあたりだったので、遙は腰を上げた。

「じゃあ、ユキちゃんのことは捜してみますね」

そんな言葉でアサイラムを下り、呼び出しの場所へと向かう。

それにしてもシアターの楽屋？　などに入っていいのかな、と思ったのだが。

うろうろと捜しながら、とりあえずシアターの方へ行くと、狩屋の姿が見えた。

「遙さん」

こちらに目をとめて、軽く黙礼してくる。

しかしこの男がいるのは予想外だ。

「……え？　なんでおまえがいるんだ？」

「うっかり知り合いに出くわしましてね…。いろいろとあって、その男を沢井《さわい》のお嬢さんに紹介することになってしまいまして」

「え…、どこかの組の人間？」

またしてもヤクザ率が上がったんだろうか、と思ったが、狩屋は首を振った。

「いえ。私の大学時代の知人なんですよ」

へえ…、と遙はちょっと意外に思う。

狩屋が大学へ進学していたことは知っていたが、しかし狩屋の大学生活というのを想像したことがなかった。が、もちろん友人の一人や二人はいただろう。

こちらです、とシアターの裏の方へ案内されると、その楽屋らしい一室は派手な衣装でごった返していた。

「あっ、あっちゃん、来たーっ！」

その中に埋もれていた梓が、満面の笑みで声を上げる。

……何か嫌な予感がした。

梓は赤と白の巫女《みこ》さんのような衣装を身につけていたが、袴《はかま》はミニスカートくらいの丈で、オーバーニーソックスを穿《は》いている。そして、襟《えり》から胸元には細めの赤いリボン。いつもより派手めのくっきりとしたメイクで、可愛らしくも色っぽい、艶姿《あですがた》だ。

「ね、ね、この人！　いいでしょう？　絶対イケると思うの！」

興奮したように梓が腕をつかんで遙の前に引きずって来たのは、オールバックに短い口ひげの、スーツ姿の男だった。

同い年くらいだろうか。ダンディな雰囲気だったが、遙を頭のてっぺんから足先まで、値踏みするようにじっくりと眺める。そしてゆっくりとうなずいた。

「……なるほどね。確かにこれはいけそうだ」

本当に悪い予感しかしない。

「ええと…？」

すでに及び腰になりながら、遙は助けを求めるように狩屋を見た。

「すみません、紹介させてください。この男が北原伊万里《きたはらいまり》です。大学からの知人で…、今回、この客船でパーティーの企画とか演出の仕事をしているみたいなんですよ」

「あ…、どうも。朝木《あさぎ》遙です」

いくぶん引きつった笑みで、遙はとりあえず挨拶する。

しかし狩屋に、そんなショービジネスの方面の友人がいるとは意外だった。が、考えてみれば、ヤクザのシノギに興行というか、ショービジネスも入っているのだろうか。

「初めまして、朝木さん。お噂《うわさ》は聞いてますよ」

するりと手を伸ばされて、遙も握手で返す。そのまま手にキスでもされそうな優雅さだ。

「あっちゃん！　今夜は仮装パーティーなのよ！　せっかくなんだから一緒にコスプレしようよーっ」

テンション高く、梓が腕にしがみついてくる。

「え…、いや、俺はそういうの……」

身体は半分以上逃げかけていたが、キラキラした目で訴えられるとバッサリと拒否はしにくい。

「ごめん、ちょっと俺、そういうのは似合わないから…」

それでもなんとか遠慮してみせる。

「そんなことないよ！　絶対きれいになるからっ」

「梓ちゃんの言う通りだよ。私が手がけてキレイにならないんてことはあり得ないから、それは心配しなくても大丈夫。……なあ、狩屋？」

いや、心配しているのはそんな問題ではない。

「ええ…、まあ。審美眼というか、芸術方面には造詣の深い男ですから。ひどいことにはならないと思いますよ」

しかし頼みの狩屋に苦笑いで裏切られ、思わず目を見張ってしまった。

「おまえ……」

「ねっ、若頭もそう言ってるし！　さっきからいろいろと選んでたんだぁ…。あっちゃん、靴のサイズっていくつだっけ？」

うきうきと楽しげに、梓が衣装やら何やら掻きまわし始めた。

「お肌もキレイだね…。うん。化粧のノリもよさそうだな。ピアスはないか…。イヤリングがあったかな？」

失礼、と伊万里という男が顔を近づけ、指先で軽く遙の頬を撫《な》でて確認すると、いそいそと何かの準備を始める。

すでに逃げられる状況ではないらしい。

遙は恨めしげにかたわらの狩屋を見上げた。

「……なんでおまえがこんなことに手を貸してるんだ？　柾鷹に頼まれたのか？」

「いえ、柾鷹さんは知らないんですが、実は小野寺《おのでら》にちょっと。少しでもお嬢さんの気を逸《そ》らしたいようで」

ああ…、という気もするが、ちょっとあきれる。

「まだ手を出してないのか？　もう七日目だぞ？」

梓の方をちらっと眺め、無意識に小声で尋ねた。

「貞操を死守しているみたいですね」

……どっちが？

と、思わず内心で考えてしまう。

「私も連日、遅くまで飲みにつきあわされてますよ。小野寺としては、仮にお嬢さんとそうなるにしても、まず沢井組長の許可を、という気持ちがあるみたいで」

「ああ…」

と、その感覚はわかる気がして、遙はうなった。

なにしろ今回はだまし討ちのようなものだったのだろうから。

「――あっちゃん！　こっちきてーっ。これっ、着てみてよーっ」

確かに気は逸れているらしく、奥から梓がはしゃいだ声を上げる。

「申し訳ありません」

と、頭を下げて出て行こうとする狩屋の背中に、あ、と思い出して遙は声をかけた。

「そうだ。そういえば、猫、見かけなかったかな？　ここで知り合ったご婦人に捜すのを頼まれたんだけど」

足を止めた狩屋が、わずかに首をかしげて確認してきた。

「ご婦人ですか？」

「七十過ぎたおばあさんだって。知らないかな？　ええと、白っていうか、灰色っぽい毛並みで、ピンクのリボンをしてる。あ、ハートのペンダントもつけてるから、見かけたらすぐにわかると思うんだけど」

「猫ちゃん、いなくなったの？」

後ろから梓も聞いてくる。

「そう。捜してる人がいるんだ」

「見かけましたら捕まえておきますよ。ああ、若いのにも探させましょう」

そう言った狩屋に、頼む、と返す。

今のこの状況も含めて、今回の船旅では狩屋に貸しは多い。若い連中がコスプレするわけではないだろうし——それこそ組長命令でもなければ——そのくらいの手は借りてもいいだろう。

ちらっと交わった視線で、わかってます、というみたいに口元で笑って狩屋がうなずき、部屋を出た。

「あっちゃん、こっちすわってー。先にメイクした方がいいかなっ。……上、シャツ一枚？　前開きだから、このままで大丈夫かな」

梓に腕が引かれ、鏡の前にすわらされる。

「目をつぶって」

指示されて、仕方なく目を閉じた。

顔が化粧水のようなもので拭《ぬぐ》われ、あれこれいろいろと塗りたくられる感触がしたが、遙はもう好きにしてくれ、というまな板の鯉《こい》の心境だ。同時に髪にも櫛《くし》を入れられ、スプレーか何かで濡《ぬ》らされ、ブローされて、あれこれといじられている。

「んー、柳腰《やなぎごし》でスタイル、いいねぇ…」

「ダメよ、むやみに触っちゃ。鷹ぴーに殺されるわよ」

頭上からそんな会話も聞こえてきて、妙に居心地が悪い。

「はい、あっちゃん。これに着替えてっ」

「……え、これ？」

化粧が終わると、せき立てられるように渡された衣装に、遙は絶句してしまう。

しかしもう、その衣装に合わせて髪も化粧も整えられているらしく、抵抗のしようもない。

「着方、わかるー？　手伝ってあげよっかー？」

いかにも楽しげにカーテンで仕切られた向こうから声をかけられ、遙はあわてて着替えた。

――腕は剝き出しで、大きく背中の開いたブルーのカクテルドレスだ。

試着スペースに置かれた姿見であらためて見ると、前髪は全部上げてかっちりと固められ、耳にはシンプルなイヤリングが光っている。

ドレスなど着たのはもちろん初めてで、うわぁ…、という感じしかない。

くっきりとした化粧もあってシャープな印象で、妙に違和感はない……が、やはり別人のようだった。自分を見ている感じがしない。

「やだ、すごいきれい！」

それを見た梓がキャーッ、と悲鳴みたいな声を上げた。

「背中のライン、きれいだねえ…。うなじもすっきりしてて色っぽいし」

伊万里がうなるように言う。

「鷹ぴーが惚《ほ》れ直しちゃう〜」

はしゃいだ声を上げた梓が、写真写真っ、と伊万里に携帯を渡して写真を撮ってもらう。

「ねぇねぇ、鷹ぴーって、これ見てあっちゃんってわかるかな？」

そしてわくわくとおもしろそうな顔で尋ねてきた。

「それは、わかるんじゃないかなぁ…」

「ていうかー、この姿であっちゃんが迫ったら、ころっと落ちるんじゃないの？　それも浮気っていうのかな？」

「どうだろね…」

思わず遙は苦笑してしまう。

というか、こんな格好を柾鷹に見せるのはちょっと…、という気がする。いやまあ、あの男が知っていれば、何が何でも絶対に見たがるのだろうけど。

「あ、ほら、仮装パーティーなんだし、仮面つけてる人もいっぱいいるでしょ？　そのへんに仮面もあったし。これなら、バレないんじゃない？」

そう言われると、ちょっといたずら心も湧いてくる。なにしろふだんは、いつもいたずら？というか、いろいろと好き勝手にされている気もするし。

もし柾鷹がこの姿に気づかないようなら、あとでいじめてやれるかな…、とちらっと思った。

ほらほらっ、と目元を覆う黒い仮面が渡され、遙はおずおずと楽屋を出てみる。

低めだったがヒールはやはりバランスが難しく、すれ違う人たちからじろじろと見られているようで落ち着かない。

それでもロビーへ出て、その他大勢の仮装して騒いでいる乗客たちに混じると、少しずつ気持ちは大きくなっていた。

みんな仮装しているのだ。実際、もっと大胆に女装している客もいるようだし、ちょっとしたパーティーのお遊びでしかない。

街中のハロウィンよりも年齢層が高い分、みんなコスチュームもしっかりとしていて、ハメを外したバカ騒ぎというより、やはりパーティー的な盛り上がりだった。

異装癖はないのだが、やはり別人になったような解放感、みたいなものは感じてしまう。自分ではないのだから、思い切って何でもできる、みたいな。

仮面をつけると、さらに大胆な気分になる。

何だろう…？　自分相手ではない柾鷹の姿が見られるだろうか…、という期待に、少しわくわくしてきた。この姿で誘惑してみるのもちょっと楽しいのかもしれない。バレたら、さすがに恥ずかしいけれど。

この時間なら、柾鷹はバーにいるはずだった。夕食は毎日一緒にとるようにしていたので、なんとなくそこが待ち合わせ場所のようになっている。柾鷹にとっては、ウェイティング・バーというところだろう。

遙はそっと、バーの薄暗い室内へと入っていった。

さすがにパーティーナイトとはいえ、バーの中で騒いでいる客はおらず、しかしバーテンダーやウェイトレスはみんな黒や赤のシルクハットにハートのトランプをピンでとめ、胸にはハートのペンダントを下げている。

客はみんな落ち着いた雰囲気だったが、やはり仮装している客もちらほらと目についた。大時《おおじ》代《だい》で貴族的な衣装とか、吸血鬼の衣装とか、それこそいかれ帽子屋《マッドハッター》風の衣装とか。

この数日でだいたい決まってきたいつものボックスの席に、ふだんと変わらないラフなシャツだけの姿で柾鷹はいた。狩屋と一緒のようだ。

いつになくちょっとドキドキしながら、遙は近づいてみる。

その気配にふっと、柾鷹が顔を上げた。

緊張に一瞬息を詰め、それでも仮面の力を借りてなんとか息を吐く。

「ご一緒しても?」

気づかれないように、ささやくような声を押し出した。

「悪いな。連れがいるんでね」

肩をすくめ、あっさりと答えられて、遙はホッとしたような失望したような、妙な気分になる。

そういえば、これまでも声をかけられているところは二、三度、見かけていたが、やはりこんな素っ気ない断り方だったのだろうか。

「それは残念」

この男に振られたのか、と思うと、微妙に悔しい気もして、しかしだったら、あとで種明かしでもして悔しがらせてもいい。

そう思いながら、背中を向けた次の瞬間、いきなり腕がつかまれる。

あっ、とバランスを崩し、立ち上がっていた男の胸に倒れかかった。

「……と思ったが、困ったな。あんたは俺の好みのど真ん中らしい」

がっしりとした腕を腰にまわされ、いくぶん笑みを含んだ声が耳元に落ちてくる。

思わず眉を寄せ、ちょっといらっとしつつ男を見上げた遙の顎《あご》が、ぐいっとつかまれた。

「な…」

あせってとっさに突き放そうとしたが、かまわず男は遙の顔を強引に引きよせ、唇を奪う。

覚えのある熱い舌が唇を割って中へ侵入し、好きなまま中を蹂躙《じゅうりん》して遙の舌を搦《から》めとり、たっぷりと味わう。

「——ん…っ…、あ……」

息が苦しくなって、無意識に男の肩に爪を立てると、ようやく男が身体を離した。

ハァ…、と大きくあえぐ。

この姿だと、端からは単に熱烈な恋人同士に見られているのだろうか。

「浮気者だな…」

小さくうめいた遙の仮面を、男の指が無造作に引き剝《は》がした。

「何やってんだ？　おまえ」

遙の顔をのぞきこみ、いくぶんあきれたように言う。

どうやら、あっさりとバレていたらしい。

「よく、わかったな…」

「わかんだろ、そりゃ」

目を瞬かせて、どこか脱力した感じでつぶやいた遙に、柾鷹が肩をすくめてソファへ腰を下ろした。

「さっきうちの若いのとすれ違ったけど、全然気がついてなかったぞ？　……あ、狩屋に聞いたんだろう？」

ちらっと横にすわっていた狩屋をにらむようにしたが、狩屋が静かに首を振った。

「いえ、私は遙さんがどんな仮装をされるのか知りませんでしたから。正直、柾鷹さんが引きとめるまで気がつきませんでしたね」

「何年おまえとつきあってると思ってんだよ」

ふん、と柾鷹が鼻を鳴らす。しかしまんざらでもなさそうに、まじまじと遙を眺めてきた。

「けど…、おまえ、すげぇな…、おい。今すぐ脱がせたい気、まんまんになるぜ？」

にやにやといやらしく頬が下がる。

「ドレスだと足が色っぽいんだよなー」

言いながら、片手がドレスのスリットから入りこみ、膝から内腿を意味ありげに撫でてくる。

「バカ」

遙はその指をねじるみたいにして引き剝がした。

「いでで…っ。……つーか、何でそんな格好してんだ、おまえ？」

顔をしかめつつ、柾鷹が尋ねてくる。

「梓ちゃんに押し切られて」

むっつりと答えた遙に、ああ…、とうなずき、にやりと笑う。

「たまにはいい仕事、するな。あずにゃん」

「どっちが好みなんだ？　こういうのと、いつもの俺と」

ちょっと意地悪く尋ねてやる。

「どっちもイイに決まってんだろ。つーか、こういうダイタンな格好は特別サービスだからなー。ふだん、してくんねぇんだろ？」

「あたりまえだ」

「だったら、今日は楽しまねぇと」

「よせ…、――ふ…、あぁぁ……っ」

にやっと笑った男に、つっ…と大きく開いた背筋が撫で上げられ、思わず危うい声がこぼれてしまう。あわてて口元を押さえた。

「ふだんは清楚《せいそ》でキレイでベッドでは大胆。今は美人で色っぽくて気ぃ強そう。……ベッドだとどうなるのかな？」

「知るか」

ちょっと頬が熱くなるのを感じながら、顎に伸びてきた男の手をはたき落とす。

と、狩屋がするりと立ち上がった。

「では今夜はお二人で食事されてください。めったにない機会ですからね」

おう、とそれに満足そうに柾鷹がうなずく。

「あ、いや、俺もすぐに着替えてくるから」

あせって立ち上がろうとした遙の腰に腕がまわり、あっさりと引きもどされた。

「バーカ。おまえな…、こんなに煽《あお》っといてタダですむと思ってんのか？　あぁ？」

因縁をつけるみたいにねちっこく言うと、さらに身体を密着させ、ドレスにすべりこませた片手で遙の中心をつかむ。

あっ…、と上がりそうになった声を、遙はなんとか呑みこんだ。

「今夜はフルコース、つきあってもらうからな…」

耳元で楽しげに男がささやく。
フルコース——が夕食のメニューだけでないのは明らかだった。

——レオ——


千住の組長がカジノに姿を現したのは、九時ちょうどだった。狩屋も一緒だ。

ざっと見渡してレオたちを見つけ、のっそりと近づいてくる。

今日は仮装パーティーの夜で、もしかするとこのクルーズ中、一番乗客たちが盛り上がり、ハメを外す夜かもしれない。

パーティーの会場はホールやメインロビーになるのだろうが、このカジノエリアにもいつもは見かけない派手な衣装での客たちが混じっていた。仮面をつけた人間も多い。

今回は「アリス」がテーマらしく——客たちの仮装は自由だが、パレードのダンサーや船のスタッフは、クルーズごとに違うテーマで仮装しているらしい——ここのカジノスタッフも、今日はハートのカードを挟んだ赤や黒のシルクハットを頭にのせ、ハート型のペンダントやブローチを身につけている。いつも以上に客たちのテンションも高く、あちこちで歓声や悲鳴が上がっていた。

「わざわざごめんね、組長さん。もうちょっとだけ、つきあって」

にっこりと笑ってレオがそう言うと、組長は軽く肩をすくめただけだった。

「ま、文字通り、乗りかかった船ってヤツだな…。だが交渉はうまくいったようじゃねぇか」

「おかげさまでね」

実際、レオにとっては満足いく結果だった。予定通りとも言える。

イーサン・リンは結局こちらの条件を呑み、データを二百万ドルで売り渡すことに同意した。

そしてそれ以上の要求はない、と千住の組長の前で約束したわけだ。

この約束が反故《ほご》にされたとしたら、応龍は取引相手としてはまったく信用できない、と日米で評判を落とすことになる。レオにとってはいい保証だった。

今日は最終的な、その金とデータの受け渡しである。

「相手は？」

「もう来てると思うよ。奥のハイリミットルーム」

組長の問いに答えて、顎で指すように広いカジノの奥を示した。

奥の方に中二階へ上がるちょっとした階段があり、その向こうにはさらに限られた人間しか入れない部屋がある。

ハイローラー——つまりカジノで遊ぶ資金《バンクロール》が最低でも十万ドル以上、たいていは百万ドル単位か、それ以上の人間が遊ぶための、専用の部屋だ。ここだと、ミニマムベットが千ドルからのスタート、マキシマムベットは確か百万ドルだったと思う。

それだけに、こぢんまりとはしているが、豪華な一室だった。壁の絵画にしても、ソファやテーブル、用意されている酒やグラスの一つ一つにしても金がかかっている。

中へ入ると、イーサンがポーカーテーブルの片端に腰を下ろしていた。その後ろに、ボディガードらしい男が二人、立っている。

ディーラーの姿はない。この時間、この場所を借り切ったのだろう。

「お待たせしました」

にこやかに微笑み、レオはテーブルの反対端につく。そしてその後ろに、やはりディノが立ったままだ。

組長は立会人という立場を理解しており、ゆっくりとディーラーのポジションに立った。というより、気怠《けだる》そうにその後ろの壁にもたれている。

「さっさとすませてしまいましょう」

ちらりと千住の組長を見てからさらりと言うと、イーサンが内ポケットに手を入れて、しゃらり…と鎖のついたペンダントのようなものを無造作に取り出した。真ん中にダイヤのような飾りがついた、ハートのモチーフだ。

「USBメモリになっている。データはこの中だ。フェレーロ議員の一夜の愛の記念品ですからね」

その説明にレオは、へぇ…、とつぶやいた。ずいぶんとしゃれたアイテムだ。皮肉な、と言うべきかもしれないが。

「中を確認しますか？」

聞かれて、レオは首を振った。

「信用しますよ。――では、代金を」

そのレオの言葉を合図に、後ろに立っていたディノが提げていた小ぶりなアタッシュケースをテーブルにのせた。

「二百万ドルですよ」

そう言ったレオに、イーサンが険しく眉を寄せる。

「そんな小さなケースに入る金額じゃないだろう？」

そんな言葉に、レオは微笑む。

「ここはカジノですよ？　場所にふさわしく、手軽な支払い方法があるでしょう」

ディノが無言のままケースを開き、中をイーサンの方に向けてみせる。

整然と並んで入っていたのは、シルバーに輝くプラーク、つまりコイン型ではなく長方形をした高額チップだ。そこそこの厚みもある。一枚が十万ドル。

これなら、二十枚あれば二百万ドルになる。

「あとはあなたが換金するなり、遊ぶなり、ご自由にどうぞ」

「なるほど…」

目をすがめ、イーサンが小さくつぶやいた。

ケースの蓋《ふた》を閉じ、ディノがそれをイーサンの前まで運ぶと、代わりに小さなハートのＵＳＢメモリをもらってくる。

「終わりか？　俺は仕事を離れてのんびり旅行中なんでね。これ以上、うちの利益にならんことでわずらわせねぇでもらえるとありがたいな」

やれやれ…、というように組長が首をまわした。

「お手数をおかけしました、千住の組長。組長に立ち会ってもらえると俺も安心ですから。まだ若輩者ですからね」

澄ました顔で、レオは軽く頭を下げてみせる。

「今回はあなたと顔つなぎができたことで、当初の予定と遜色《そんしょく》ない、価値のある取り引きになりましたよ。いずれまた…、別のビジネスの機会でお会いしたいですね、ミスター・センジュ」

日本語で淡々と言ったイーサンに、組長は軽く片手を上げた。

「何かありゃあな」

では、とイーサンが腰を上げる。部屋を出る間際、レオを振り返って言った。

「フェレーロ議員はベルティーニのようなよい相談相手を持っていて幸運でしたね」

「高い授業料でしたけど、きっと議員にもいい経験になったでしょう」

にっこりとレオは返す。

イーサンの姿が消えて、さすがに張りつめていた緊張が解け、ふぅ…、とレオは大きな息をついた。

「これでお役御免《やくごめん》だな?」

確認するように組長に聞かれ、レオは大きくうなずいた。

「うん。おかげでスムーズな取り引きになったよ、組長さん。あとはハルと旅行を楽しんで」

「そうさせてもらうよ」

バイバイ、と背中で手を振って、組長が部屋を出る。そのあとから狩屋が軽くこちらに頭を下げたのに、レオはことさら大げさに投げキスで返した。

勝算があったとはいえ、これだけの大きな取り引きを任されたのは初めてで、気合負けすることなく、それを成功させたことはやはりうれしかった。香港の三合会、応龍の幹部を相手に、というのも自信になる。

「中を確認しておかなくて大丈夫ですか？」

いくぶん渋い顔でディノが聞いてきたが、レオはテーブルに肘《ひじ》を突くようにして目の前のハートにつながっている鎖を指ですくい上げると、くるくると無造作に指で回した。

「応龍だって、ここで偽物を渡してベルティーニともめたくはないよ。何ならコピーをとっとけばいいだけだし、偽物を渡す意味はない。船が港に着くまで、まだ三日あるしね。確認して偽物だってわかった時には、連中に逃げる場所はないし」

「まぁ…、そうですが」

ディノも顎を撫でるようにしてうなずく。

レオは鎖の留め金を外すと、それを自分の首にかけた。

せっかくのパーティーナイトだ。レオとしてはバッチリと仮装したかったところだが、さすがにこの取り引きがあったため、白のシャツにジャケットというシンプルな格好だった。こういうペンダントをつけていてもおかしくはない。そう、みんながハートのモチーフを身につけている夜でもある。

二百万ドルのペンダントだ。原価はきっと、二十ドルもしないのだろうが。

その落差がおかしくもバカバカしくもあり、それで商売しているのがひどく楽しい気分にもなる。

議員からは三百万ドルが今回の交渉のために支払われており、ベルティーニにはその差額が入ることになる。

「お酒、飲みたいな」

レオは立ち上がって、ディノの肩に片手をまわすようにすると、ちょっと意味ありげな眼差しでねだった。

「部屋にもどってからに」

厳しく言われ、肩をすくめる。

「じゃ、早くもどろ」

軽い足取りでカジノから出て、今夜はどこもかしこも仮装した人々が行き交う中、メインロビーを突っ切ろうとした時、ちょうどパレードとぶつかってしまった。

アリスがテーマだけあって、先頭は時計を持った白ウサギがバタバタといかにも急いでいるふうに足を動かし、そのあとにアリスが続き、さらにチェシャ猫やら、三月ウサギやら、帽子屋やら、そしてハートの女王やトランプの兵隊たちが、賑やかな音楽に合わせ、ダンスやマイムを披露しながら続いていく。

そんなダンサーたちのパレードに、仮装した一般の乗客たちも混じり、さらに見物人たちが取り巻いて、あちこちでフラッシュが光り、大変な騒ぎだった。

多分、日本の通勤ラッシュの電車ほどではないにしても、仮装した人々でごった返すロビーは、大音量の音楽と歌と歓声で、まともに声も届かない。

パレードに巻きこまれ、もみくちゃにされて、レオはいつの間にかディノとはぐれていた。

「——坊ちゃん…！　おい、レオっ！　……あぁ、大丈夫ですか？」

ようやくその渦から逃れ、壁の隅の方へ追いやられてなんとか一息ついていたレオを見つけて、ディノが近づいてくる。

「大丈夫。……すごいね、やっぱり」

大きなモニュメントを中心に、吹き抜けの上階へ向かって何方向にも階段が入り組んだ、開放感のある広いロビーだ。奥のティーラウンジの間近までパレードは練り歩いて、人の流れがひどく複雑になっている。

「坊ちゃん……」

と、ふいに緊張をはらんだディノの声が耳を刺し、うん？　とレオは顔を上げる。

「あのペンダント、どうしました？」

「え？」

強ばった顔で聞かれたが、意味がわからず、レオは無意識に胸元に手をやる。が、その指は虚しく自分の服に触れるだけだ。

つけていたはずのペンダントが、いつの間にか消えていた。

「ない……？」

一瞬にして、レオの全身から血の気が引いていた――。


――遙――


ドレス姿での夕食は、足や背中はスースーするし、微妙に落ち着かない感じだったが、まあ、レストランの中にはもっと奇抜な仮装の客たちも多く、さほど気にせずにはすんでいた。

もっとも、すでに顔馴染《かおなじ》みになったウェイターが「今日はお美しいご婦人とご一緒ですね」と柾鷹に言葉をかけていたので、どうやらいつも一緒に食べている連れと同一人物だとは思っていないらしい。化粧をし、髪型と服を変えているだけで、仮装というほどのことをしているわけではなかったが。

二時間ほどの夕食を終える頃、タイミングを見計らったように狩屋から柾鷹に電話が入り、柾鷹が席を立った。

「ちょっくら野暮用すませてくっから、部屋で待ってろよー。お楽しみのデザートはそれからな」

「もう食っただろ」

にやっと笑った男に、遙はちょっと視線を逸らせて、なんとか冷たく言い返す。

「足りねぇし。もっとうまいモンが待ってるし？」

意味ありげな眼差しで言うと、スッ…と身を屈《かが》め、慣れた様子ですわったままの遙のこめかみあたりにキスを落とす。

こんな場であればありふれた男女の別れ際の挨拶で、特にまわりの目を引くこともなかったが、遙はちょっと頬が熱くなった。

こんなことをスマートにできる男とは思っていなかったので、正直意外でもあり、やり慣れてるのか…？　と思うと、ちょっとムッとしてしまう。

ともあれ、この隙に部屋へもどってさっさと着替えようと思っていた遙だったが、一人でレストランを出たところを相次いで二、三人の男から飲みに誘われ、それを断るのに一苦労する。

この夜は船内もふだん以上に客たちが外へ出ており、なんとかかき分けて部屋へ帰り着こうとした時、梓からメールで「にゃんこ、いたー！」連絡を受けた。

場所を聞き、急いでそちらへと向かう。どうやらメインロビーにいたらしい。

慣れない靴で、再び人をかき分けながらようやくたどり着くと、ロビーはちょうどパレードとその見物客でごった返していた。

メールのやり取りを経てようやく中二階にいた梓を見つけ、合流する。夕方に見た巫女さんの衣装だ。

すぐ横の手すりから下のロビーを眺めると、すでにパレードだか見物人だかわからないぐらいごちゃ混ぜになって、とりあえずカラフルな仮装をした人々が音楽に合わせて飛び跳ねているのが見えた。すごい騒ぎだ。

「この猫じゃない？」

大音響の音楽と客たちの歓声で、この近距離でもおたがいの声が掻き消されそうで、叫ぶような会話になる。

「迷子っていうから子猫かと思ったら、結構大きいのねー。重いし」

梓は両腕にしっかりと白っぽい猫を抱きかかえていた。ピンクのリボンに、ちょっとぽってりとした体つきは、間違いなくユキちゃんのようだ。

「ああ…、そう、この子だ。ありがとう。……でも、よく見つけたね」

というか、こんな人混みの中にいてよく踏みつけられなかったな、と冷や汗が出る。

「あそこのモニュメントに上ってたみたいなんだけど、人がいすぎて下りられなくなってたみたい」

梓が下のフロアを指さして説明しながら、遙に猫を渡そうとして、あたた…、と小さくうめいた。

「ごめん…、ペンダントの鎖が胸のリボンに引っかかっちゃったみたい」

「あ、俺が抱いてるよ」

身体を寄せたまま遙がユキちゃんを預かり、梓がいったん猫がつけていたハートのペンダントをそっと首から外すと、複雑に絡んでいた鎖を指先でなんとか解く。

「へぇ…、ロケットよね？　中、何か入ってるの？」

と、気づいたようにペンダントを目の前に摘まみ上げて眺めて尋ねた。

「飼い主の人の若い頃の写真だよ。亡くなった旦那様《だんなさま》と一緒に映ってる」

「へー。ロマンチックね」

夢見るように梓が微笑んだ時だった。

海賊コスチュームの酔っ払い数人が、かしましくばか笑いしながらすぐ横を通り過ぎた、と思ったら、いきなり一人がはしゃいだ友人に突き飛ばされ、ドン、とまともに梓の背中にぶつかってきた。

「……わっ！」

と、その勢いで梓は遙に当たり、遙はとっさに後ろの手すりで身体を支えて、腕の中の猫をギュッと抱きしめる。

目の前をキラッと何かが光って、梓の持っていたペンダントが飛んで下のフロアへと落ちていった。

まずい、と遙はとっさにペンダントを目で追ったが、人波に呑みこまれ、あっという間に見えなくなる。

「うわ…っ、ごめんなさい…っ！」

顔色を変え、あせったように梓はあやまったが、彼女のせいではない。

「大丈夫。人が少なくなったら探してみよう」

ひな子さんの大事な思い出の品だ。なくすわけにはいかないな…、と思いながらも、遙は落ち着いて言った。

「あっ、ごめーん、大丈夫だった？　――あ、ねえ、君、よかったら僕らと一緒に……」

大学生くらいだろうか、若い日本人がへらっとした調子であやまってきたのに、梓がうら若い女子大生とは思えない力でその男の襟首をひっ捕まえると、そのまま引きずるようにして手すりに背中を押しつけた。鋭い蹴《け》りで男の足を浮かせ、上半身がなかば手すりから宙ぶらりんになる。

顔色を変え、ひぃぃっ！　と男が悲鳴を上げた。

「世の中にはあやまってすむこととすまないことがあるの。そろそろ覚えた方がいいわよ、お坊ちゃん」

きれいな顔で低くささやくように言うと、いきなりその男の股間へ膝蹴りを食らわせた。

ギャァァァッ！　と押し潰されたような悲鳴を上げ、梓が手を離すと同時に男の身体は手すりの下に崩れ落ち、床で悶絶《もんぜつ》する。

……気の毒に。

それを横目に内心で思いつつも、やっぱりヤクザの娘なんだな…、と妙な感心をしてしまう。

やはり梓と結婚しようという男は、相当、腹を括る必要があるのだろう。梓の手綱を取れるくらいでないと難しい。

……がんばれ、小野寺さん。

思わず内心でエールを送る。

友人たちが男を引きずるようにして逃げ出したあと、遙たちは上から探してみるが、さすがにその程度では見つからなかった。

パレードの中心がロビーを通り過ぎたあたりで、まだ見物人たちが入り乱れる中、とりあえず階段を途中まで下りてみる。

人がいなくなったら、スタッフにも探すのを手伝ってもらっていいかな…、と思っていると。

「あ、あれ。あったー！」

責任を感じているのか、身体を伸ばしたり折り曲げたりと、床をにらむように探していた梓がふいに弾んだ声を上げる。

パタパタと階段を下りきって、そのすぐ端へかがみ込んだ。ちょっとした植物の植え込みが作られているところと、フロアの境のあたりだ。

「これ！」

と梓が拾い上げたペンダントは、確かにハート型で真ん中のダイヤっぽい石がアクセントになっている。

蹴られたのか、ちょっと汚れていたらしく、巫女衣装の長い袖《そで》できれいに拭った。幸い潰れてもおらず、しかし誰かの靴にでも引っ掛けられたのか、鎖が切れているようだった。

「うわ…、切れちゃってる…」

心配そうにつぶやいた梓からそれを受け取り、しかし見たところ金具が壊れているわけではなく、つなぎ合わせるのは難しくはなさそうだった。

「ああ…、このくらいは大丈夫。すぐに直せるから」

少し短くはなるが、とりあえず留め金を鎖の別の輪に引っ掛けて、ユキちゃんの首にもどしておく。

「よかったー…」

遙の言葉に、梓が大きく息をつく。

「ほんと、すぐ見つかってよかったよ」

遙もホッとして、ユキちゃんの頭を撫でた。

興奮しすぎて疲れたのか、それでも顔見知りに会って安心したのか、遙の胸にことん、と頭をつけてうとうとし始めている。

「そういえば、あっちゃん、その格好、鷹ぴーには見せた？　悩殺した？」

気持ちに余裕ができたおかげか、思い出したようにわくわくとした目で尋ねられ、遙はとっさに視線を逸らせてしまった。

「あー…、どうだろうね。おもしろがってはいたみたいだけど。……梓ちゃんはどうなの？　小野寺さんにその姿、もう見せたの？」

そしてあわてて球を投げ返す。

「それがまだなのよねー。あの男、ずっと逃げまわってて。どう思う？　小野寺の趣味、いまいちわかんないのよね…。セーラー服とか、メイド服の方がよかったのかなー？」

悩むような顔で聞かれたが、正直、梓にわからないものが遙にわかるはずもない。

むしろ小野寺なら、なんでも喜びそうだし、なんでも照れそうな気もする。

遙としては苦笑いするしかなかった。

「じゃあ、ユキちゃん、見つけてくれてありがとう。飼い主も喜ぶよ」

礼を言って梓と別れ、ひな子さんにユキちゃんを返しにいかなければならないわけだが、……

そういえば、いつもアサイラムで会うので部屋番号などは聞いていなかった。

いずれにしても、今のこの格好はまずい。

ユキちゃんをしっかりと抱いたまま、とりあえず遙は部屋へもどることにした。


——諜報機関所属・エドワード——

エドワード・ラシックはパレードで盛り上がるメインロビーのティーラウンジで、イライラと待っていた。

目の前で繰り広げられているこんなバカ騒ぎにもだが、大切な取り引きにこんな場所を指定した男にも、だ。

まったくふざけている。そのデータの重要性を認識していない。

某国の軍事機密に属するトップシークレットであり、そのデータが手に入れば、将来的には某国に大打撃を与えることができるのだ。

……まあ、タダの運び屋なら、実際に知らないのかもしれないが。

さらに言えば、今回の取引相手である売り手は民間人であり、自分のしていることの重大性を甘く見ているのだろう。金に目がくらんで、会社の情報を売り渡したのだ。

ただ、直接対面してこちらとやりとりするのは恐いらしい。それこそ、消されるのではないか、という懸念があるようだった。まだ利用価値がある以上、そんな無駄なことをするつもりはないのだが。

相手はデータの受け渡しに、専門業者を介在させた。「運び屋」である。

おかげで少々、めんどくさいことになっているが、もうすぐ手に入るはずだった。

サンプルを確認し、金を指定の口座に振りこみ、あとはその品物を受け取るだけになっている。

恋人同士を装ったメールのやりとりで、取引相手からは、データはハートのペンダントに入れて渡す、と言ってきた。一見すると、重要なデータが入っているとはわからないように、ということらしい。

そして「運び屋」は、そのペンダントを今夜、このメインロビーで指定の時間に渡すと言ってきた。女が持っていくので、ティーラウンジで待て、という指示だ。

注意深くその女を捜してあたりを見まわしているうちに、ようやく目の前をやかましいパレードが通り過ぎ、軽薄な若者たちが大騒ぎしながら追いかけていくのを苦々しく眺める。

まだか…！　と、エドワードのイライラが頂点に達しようとしていた時、こちらに向かってきていたウェイトレスの女が、足下から何かを拾い上げているのが視界の隅に入った。

どうやら落としたらしいハートのペンダントで——それを見た瞬間、エドワードは反射的に立ち上がっていた。

まっすぐにそのウェイトレスに近づくと、なかば強引にそのペンダントを奪いとる。

「失礼。私のもののようだ」

きゃっ、と女は短く悲鳴を上げたが、エドワードのあまりの剣幕にか、怯《おび》えたまま呆然《ぼうぜん》としている。だが、そんなことはどうでもいい。

ハートの真ん中には切れ込みが入っていて、やはり普通のペンダントではなく、これで間違いないようだ。

――よし……！

という高揚を胸の奥に封じこめたまま、エドワードはそれをスーツのポケットに落とし、さっさとラウンジをあとにした。

若い美形と、強面の男がいくぶん血相を変えてロビーを突っ切ってくるのとすれ違い、いい歳をしてパレードを追いかけているのか……？　と冷笑する。

「……ああ、失礼」

勢いがついていたせいか、エレベーターホールでちょうど開いたドアに乗りこもうとして、待っていたカクテルドレスの女性と軽くぶつかってしまった。

白い猫を抱いた、長身でモデル体型の、かなりの美人だ。ヘタな仮装をしていないのもいい。

「何階ですか？」

一緒に乗りこんで、エドワードは自分の部屋のある階数ボタンを押すと、振り返って尋ねた。

同じです、と小さな声で答えた彼女に、エドワードはいつになく愛想よく口にする。

「可愛い猫ですね」

言いながらその猫を眺め、ふとその首に同じようなハートのペンダントが掛かっているのに気づいた。

そういえば今日の仮装パーティーでは、いたるところにハートが溢《あふ》れていたことを、今さらに思い出す。

紛らわしくはあるが、目立たないという意味では利点もある。

女は軽く会釈するようにどこかぎこちなく微笑んで返して、しっかりと猫を抱き直す。

とりあえず、任務はなかば完了したのだ。データは手の中にある。

ようやく少し心に余裕ができたせいか、タイプの女だな…、ちょっと不躾《ぶしつけ》に眺めてしまう。

この船が港へ着くまであと三日。

せっかくのクルーズなのだ。００７を気取るわけではないが、少しは羽を伸ばして楽しむとしようか——。

エドワードは無意識に喉元のネクタイを緩めていた。


——レオ——

冗談ではなかった。

レオはとっさにパレードに浮かれている連中を蹴散らして、今すぐロビーを徹底的に探したい衝動に駆られる。

「坊ちゃん、ダメです」

しかし人混みにがむしゃらに突入しようとしたレオの腕が、がっしりと後ろから引きとめられ、奥のティーラウンジまで引きずられた。

「探さないと！」

「今は無理ですよ」

八つ当たりみたいに怒鳴り声を上げたレオだったが、ディノが冷静に諭してくる。

その眼差しに、レオは唇を噛《か》み、ようやく大きな息をついた。

崩れるように空いていたそばのソファにすわりこむ。それを見て、ディノも横のソファに腰を下ろした。

「鎖が切れたんでしょう。人がいなくなれば見つかりますよ」

なかば自分に言い聞かせるようなディノの言葉に、今はレオもすがるしかない。

バカだ。浮かれすぎていたのだ。

目の前を練り歩く脳天気に賑やかなパレードを見送り、じりじりと人がいなくなるのを待つ。

十五分ほどもしてパレードがロビーを通り過ぎると、見物人たちもそれを追いかけて移動し、ようやく床が見えるようになる。フロアにも、吹き抜けの二階、三階から見物していた客たちの姿も少なくなったのを見計らって、レオは立ち上がった。

いったんざっとフロアを見まわしてから、反対側のラウンジのあたりまで、あちこちに視線を投げながらロビーを突っ切る。

どこかへ蹴り飛ばされていたら見つけるのは大変そうだが、壁際あたりから捜してみた方がいいだろうか。

そんなことを考えていた時だった。

「あの…、失礼ですが、これ、こちらでよろしいでしょうか？」

そんな声にふと振り返ると、ラウンジのウェイトレスらしい制服の若い女がおずおずとディノに近づき、うやうやしく両手を差し出していた。

なんだろう？　と思ったら、女の開いた手の中にはハート型のペンダントが収まっている。

まさに探していたものだ。

えっ⁉　と危うくレオは、大声を上げそうになった。

思わずディノと目が合ったが、ディノは冷静にそれを受け取った。

「……ええ。私たちが落としたもののようです。ありがとうございました。よく私たちが捜しているのをおわかりでしたね」

そんなさりげないディノの問いに、彼女はホッとしたように微笑む。

「お捜しだったんですね、よかったです。私、お渡しするように頼まれましたので」

「誰にです？」

反射的にか、食い気味に尋ねたディノに、彼女がちょっと驚いたように目を瞬かせた。

「船長にですわ。こちらのラウンジにいる……、あの、少し強面のブラックスーツの紳士に、と。すみません」

それだけ言うと、失礼いたします、と足早にさってしまった。

そんなディノたちの会話を聞いて、レオは思わず長い息をついた。

どうやら船長が拾ってくれていたらしい。正直、接点もなく、あまり関心はなかったのだが、さすがに客の様子には注意しているということだろうか。レオたちが捜していたことにも気付いていたわけだ。

「間違いないか？」

肩越しに尋ねたレオに、ディノがペンダントをわずかに力をこめて引っ張る。と、ハートが二つに分かれ、確かに半分がＵＳＢメモリになっている。

どうやら間違いないようだ。

レオはホーッ…と肩の力を抜いた。

「冷や汗ものだな…」

知らず苦笑してしまう。

実際のところ、これ自体は、悪用しなければただのエロ動画にすぎない。だが一般人にでも拾われて、どこかのバカに面白半分にネットにアップされたり、あるいは動画に映る人物にうっかり思いあたり、また強請《ゆすり》のネタにでもされたら、レオの面目は丸潰れになる。

危ないところだった。

ロビーにいた客たちはパレードとともにほとんどいなくなっており、ほんの数分前までの喧噪が幻のようだ。

冷や汗をかいた分、このままラウンジで一杯飲んで行きたい気分でもあったが、ともあれ今は内容を確認することが先決だろう。

「ソーダちょうだい」

部屋へもどり、ディノに頼んでから、レオはデスクの前にどさりと腰を下ろした。

ラップトップのパソコンを起動し、ようやく手元に戻ったハートの片割れのＵＳＢを差し込む。

――と。

「何、これ……？」

レオは眉をひそめた。

中に入っていたのは動画ではなく、数字やら図面やら……何かのデータのようにも、あるいは適当なダミーを放りこんだようにも見える。

ファイルはそれ一つしか入っておらず、少なくとも動画データでないことは確かだった。

「どういうことだ…？」

思わずディノと顔を見合わせる。

「早合点《はやがてん》してさっき違うのをもらってきたか、あるいは初めから偽物だったのか、ですかね…」

ディノがつぶやくように言った。

初めから偽物——だったとしたら。

「あの男……殺す」

目をすがめ、レオは低くつぶやいた。

応龍だかなんだか、知ったことではない。ベルティーニにケンカを売ったのだ。

「それは早計ですよ。先に確かめないと」

ディノがわずかに顔をしかめる。

レオも天井を仰《あお》ぎ、大きく息をついた。

まあ、実際のところ、応龍にしてもわざわざ偽物を作って渡す意味はない。

……こっちをおちょくりたいのでなければ、だ。

「どうやって確認するかが問題ですけどね…」

ディノの言葉に、レオは苦い顔で腕を組んだ。

「難しいな…」

今さら間抜け面《づら》して、イーサンに「アレは本物でしたか？」などと聞くわけにはいかない。

そしてもし本物が渡されていたのなら、今、それがどこにあるのか。

——あるいは、この中身が何なのか調べるのが近道かもしれなかった。


——エドワード——


「違う……」

自分の部屋へもどったエドワードは、震える声でつぶやいた。

カムフラージュのために妻として連れてきたのは、旅行に連れて行ってやる、と誘っただけの飲み屋の女で、今も好き勝手に遊んでいるはずだ。ほとんど部屋にはもどってこない。

エドワードはペンダントをじっくりと眺めて、初めはこれがＵＳＢメモリか何かだろうと考えていた。が、真ん中の飾りをいじっていると蓋が開き、……つまり、ロケットになっているのだ。ならば、中に他の記録メディアでも入っているのかと思ったが、入っていたのは古い写真が一枚きりだった。

――いったいどういうことだ……？

呆然としていた数秒が過ぎると、息が詰まるような怒りが湧き出してくる。

クソッ、と吐き捨てると、エドワードは握っていたロケットをポケットに突っこみ、部屋を飛び出した。

夜の十時過ぎだった。

「船長はどこに？」

途中で行き会った航海士を捕まえて尋ねると、この時間ならメイン・ダイニングでお客様に挨拶されているのでは、という答えで、まっすぐにそちらへ向かう。

ちょうどその入り口で、客と談笑しながら出てきた船長の姿を見つけ、まっすぐに近づいた。

「船長！　ちょっとお話があるんですが。……よろしいですか？」

にこやかな笑顔で、しかし明らかににらむような眼差しで、エドワードは声をかける。

え？　と顔を上げた船長は、エドワードの顔を見るやいなや、明らかに表情をを変えた。

「わかっているな?」

近づいてささやくように言うと、船長の腕をがっちりとつかむ。

「あ、ああ…、これはどうも、ミスター・ラシック」

船長は引きつった笑みを浮かべ、一緒だった客になんとか挨拶を残して、なかば引きずられるようにエドワードについてくる。角を曲がって人影が途絶えたあたりで、エドワードは船長の身体を突き放すように壁へたたきつけた。

「きさま…、ずいぶんとふざけたことをしてくれたな」

息が触れるほど顔を近づけ、低くささやく。

「いったい…、何のこと……」

強ばった笑みでしらばくれた船長の顔の横へ、ガン、と拳《こぶし》をたたきつける。

「とぼけるな! おまえが運び屋だというのはわかっているんだよ」

「ど、どうしてそれが…っ?」

明らかに顔色を変え、船長があせったように口走った。

「バカが…。そのくらい調べはついてるさ」

サンプルと手数料の受け渡しに使われた小箱を、こっそりと見張っていればいいだけだ。たわいもないことだった。

ポケットに手を突っこんでさっきのロケットをつかみ出したエドワードは、それを船長の鼻先に突きつける。そして脅すように言った。

「おまえから渡されたこれはな…、俺が買ったモノじゃない。本物はどこにある？」

その言葉に船長は大きく目を見開き、激しく首を振った。

「そ、そんなはずはない！　私は間違いなく、受け取ったものをあなたに渡したんだっ！　あなたに渡すようにスタッフに頼んだ！　本当だっ、信じてくれっ！」

「だったら確認したのか！　そのスタッフが俺に間違いなく渡すところをっ」

「い…いや…、それは……ちょうど客に写真を頼まれて……。人も多かったし……」

男の視線が頼りなく揺れる。

「いい加減にしろっ！」

エドワードが激高して船長の襟首をつかんだ時だった。

「……どうかされましたか？」

淡々とした声が背中から聞こえて、ハッと振り返る。

するときっちりとしたスーツ姿の眼鏡をかけた若い男がこちらを眺めていた。きれいな英語をしゃべったが、日本人だろうか。

「船長？　大丈夫ですか？　警備員をお呼びした方が…？」

船長とエドワードの顔を見比べるようにして聞かれ、くそっ、とエドワードは船長の身体を突き放す。

船長の身体が壁沿いにずるずると崩れ落ちるのを横目に、エドワードは足早にその場を去った。

まずい、と全身に冷や汗がにじんでくる。

いや、だが船長のあの怯え方だと、故意に偽物をつかませたというわけではなさそうだった。

外面だけは一人前だが、そんな度胸はない。

……とすると、依頼主がもともと偽物を渡していたのか、あるいは——。

もしかすると、ロビーであのウェイトレスが持っていたのを、自分が勘違いして奪ってきてしまったのか。

だとすると、あのバカがウェイトレスに頼んだというデータは、別の人間の手に渡ってしまったのか？

クソッ…！　とエドワードは自分がつかまされた偽のペンダントをにらみ、……ふと、それに気づいた。

鎖に絡まるように、埃《ほこり》みたいな白い小さなものがいくつもくっついている。

指先でそっとそれを摘まみ上げ、目をすがめてじっくりと眺めた。

——猫の毛……？

それがわかると同時に、ハッと思い出した。エレベーターで一緒だった猫を抱いた女。

そういえば、あの猫の首に同じようなハートのペンダントがかかっていた。

まさか……、何かの手違いで入れ違っていたのだろうか？

愕然《がくぜん》としたが、とにかく取り返すしかない。

あの女の部屋は……同じ階でエレベーターを降りたから、同じデッキだったはずだった。部屋数は多いが、自分とはエレベーターの反対側へ進んでいた。

そうだ。あれだけゴージャスな女なら、一番端のスイートかもしれない。

頭の中でめまぐるしく考えると、エドワードはすぐに行動に移した。


――遙――


「遅いっ！　どこで遊んでたんだよー」

結局十時近くになって部屋にもどると、一足早く帰っていたらしい柾鷹がぶーぶーと文句を垂れた。

「……つーか、そのでかい毛玉は何だ？」

そしてさすがに遙が抱いているユキちゃんに気づき、眉を寄せる。

「クルーズで知り合った人の猫だよ。逃げ出してたのを梓ちゃんが保護してくれて」

「知り合った人だぁ…？」

とりあえず猫を奥のベッドルームまで連れて行って——リビングだと、うかつにドアを開けた時にまた脱走されそうだ——ベッドにそっと下ろしながら言った遙に、さらに男が尋ねてくる。

いささか剣呑《けんのん》な雰囲気なのは、旅先のアバンチュール的な知り合いを考えているのか。

「よく一緒にお茶する女の人」

ことさら澄ました顔で、遙は答えた。

「なんだとっ？」

案の定、柾鷹が声を上げて、遙の背中から抱きついてきた。

もちろん、柾鷹にしても本気で心配しているわけではない。……はずだ。

単にじゃれたいだけだ。それこそ、イタズラなドラ猫並みに。

遙を壁際まで追い詰め、くるりと身体をまわしてじろっとにらんでから、耳元でささやく。

「今さらそのへんの女で満足できるカラダじゃねーだろーが…？　ん…？」

いやらしく言いながら、片手がドレスの上から足をなぞる。

耳たぶが軽く噛《か》まれ、どく…っ、と身体の奥で熱く脈打つものを感じながらも、遙は男の顎を片手でつかんで押しもどした。

「可愛いおばあちゃんだよ」

「あぁ？　可愛いババア？　そんなんいるかよ…」

ケッ、と吐き出した男の唇を、遙は思いきりひねり上げる。

「口が悪いっ」

あだだだ…っ、とひるんだ隙に、遙は男の腕の中から抜け出した。

「んで、この猫、どうすんだよ？」

ベッドへ身体を投げ出し、指を伸ばして猫の顎の下を撫でながら、柾鷹がうなる。

猫は興味深げに柾鷹をうかがっていて、その指にじゃれつき、柾鷹は腹を出してくるん、とひっくり返った猫の喉から腹のあたりを掻きまわすように撫でてやっている。

猫をあやすのはうまいらしい。嫌われないのがちょっと意外だ。

「飼い主に引き取りに来てもらうつもりだけど」

京とは一応、携帯の番号を交換していたので、連絡はとれる。

心配しているだろうから連絡だけは入れておこう、と思っていると、ふいに、うん？　と柾鷹が妙な声を上げた。

「なんだ、このハートのペンダント？」

振り返ると、柾鷹がペンダントを動きまわる猫の首から苦労して引き抜いていた。

「おい…、勝手に触るなよ。飼い主のロケットだって。ご主人と一緒に撮った昔の古い写真が入ってるから」

叱《しか》りながらも説明すると、ふーん、とうなった。しかし何が気になるのか、しげしげと裏表と眺めている。

と、いきなり携帯の着信音が響いた。

「おまえだろ？」

自分のではなく、遙が指摘すると、おっ？　という顔で、柾鷹がジャケットのポケットを探る。

とりあえず船内では持ち歩いているらしいが、あまり使ってはいないのだろう。

「狩屋か…、どうした？」

どうやら相手は狩屋のようだ。

柾鷹がベッドの上に胡座《あぐら》をかいて話し始める。

「……あぁ？　どういうことだ？」

あまり穏やかではない雰囲気だが、しかし口調としては怒っているというより怪訝《けげん》そうな様子で、耳をほじりながらの対応を見てもそれほど深刻な感じはしない。

その隙にリビングへ移ってさっさと着替えようとした遙だったが、後ろから男の声がカッ飛んできた。

「あっ、待て、遙っ。それ、まだ脱ぐなよっ」

ため息をつきつつ肩越しに振り返り、遙はただ白い目で男をにらんだ。

まったくのところ、この男の言うことをいちいち聞いてやる筋合いはない。

「あ、化粧は落としていいぞ。そいで、パンツは脱いどいてくれるとうれしい」

「バカ」

それに遙はむっつりと短く答える。

かまわず、柾鷹はうだうだと言った。

「つーか、そのドレスの下でボクサーって何なんだよ…。世界観崩れてんだろ」

……世界観？　て何だ？

とも思うが、そもそも。

「女物なんか穿くわけないだろ」

意味不明な主張にこめかみのあたりを押さえ、遙は無視して洗面所の方へ向かう。

何やら柾鷹が狩屋と話している声を聞きながら、顔を洗おうとして、ひょっとするとクレンジングとか使わないときれいに落ちないのかな？　と思いつく。かなりしっかりとメイクされているようだし。

狩屋に頼めば、あの友人？　らしい男から調達できるだろうか。そういえば梓でも持っているだろうし、何ならコンシェルジュ・サービスに頼めば持ってきてくれるかもしれない。

内線で頼んでみるか、とリビングの電話に手を伸ばしたその時。

ピンポン、とドアチャイムが鳴った——。


——柾鷹——


「……違ってた？　中身が？」

どうやらレオから連絡を受けたらしい狩屋が、取り引きで手に入れたＵＳＢメモリにまったく違うデータが入っていた、と柾鷹に報告してきた。

『ええ。今、図書室にいるんですが、今からレオの部屋へ行って、その中身というのを確認してくるつもりです』

「ハート型のUSBメモリだったよな？　ペンダントになってる」

聞きながら、柾鷹は手元にあるペンダントを眺めた。

似ているな、とは思っていたのだ。ただ、ペンダントとしてはよくある形でもある。

念のため、柾鷹は首に携帯を挟んだまま思いきり引っ張ってみる。と、真ん中から二つに分かれ、やはりこれもUSBメモリのようだ。中身が何かはわからないが。

しかし、どういう状況だかわからないが、二つが入れ変わったのだとしたら、今レオたちが持っているのは、写真が入ったロケットでなければならない。

遙の言葉を信じれば、だが、別に疑う必要はないだろう。

だが、レオの手元にあるのが何か別のデータということは……？

柾鷹は眉間《みけん》に皺《しわ》を寄せる。

と、その時だった。

ピンポン――と部屋のチャイムが鳴り、はい、と遙が応えているのが隣から聞こえてくる。

何かを考えたわけではない。

が、とっさに柾鷹は動いていた。

『柾鷹さん？』

「ああ、今すぐにそのデータとやらを確認してくれ」

怪訝そうな狩屋の声にそれだけを早口で指示し、携帯を切ると、ペンダントと一緒にポケットへ押しこむ。

この部屋を訪れるとすれば、クルーズのスタッフ以外では狩屋くらいだが、柾鷹と通話していたのだから狩屋ではない。

柾鷹がリビングへ飛びこむと、ちょうど、遙が何気ない様子でドアを開いたところだった。

ドアの向こうに立っていたのは、浅黒い肌の見知らぬ外国人だ。

「ああ…、申し訳ありません。少しおうかがいしてよろしいでしょうか？」

きちんとしたスーツ姿で、流暢《りゅうちょう》な日本語だった。

落ち着いた表情にヤクザやマフィアのような、いかにも危険な雰囲気はない。が、もっと得体の知れない威圧感に、柾鷹は思わず息を詰める。

そしてハッと、男の腰のあたりに目をとめた。

スーツの裾《すそ》のあたりが不自然に少しだけ、盛り上がっている。

――銃だ。

気づいた瞬間、柾鷹は後ろからとっさに遙の肩を引きよせるようにして、二人の間に割って入った。

「あっ…、おい、柾鷹？」

遙がとまどったような声を上げたが、柾鷹はかまわず男をまっすぐに見て言った。

「俺に用だろ？」

いきなりそう言った柾鷹に、男がわずかに目をすがめた。

「……心当たりがあるようですね？」

「ちょっとばかりな」

低く探るように聞かれて、軽い調子で柾鷹は返した。そしてじりっと前へ出るようにして、わずかに男を廊下へ後退させる。

「俺も聞きたいことがあるし、酒でもおごってもらおうかなー」

さらりと何気ないように口にすると、振り返ってことさら明るく言った。

「ちょっと出てくるから、パンツ、脱いで待っとけよ。あ、ドレスはそのままだからな」

にやりと言ったそんな言葉に遙がきつくにらんできたが、しかしその眼差しはわずかに揺れているようだった。

何か……感じているのかもしれない。

そっと、息を吸いこんだのがわかる。

「……いつまでもこんな格好でいないからな」

それでも、遙は押し出すように言っただけだった。

「すぐもどる」

それに口元で笑って短く言うと、柾鷹はドアを閉じた。

と同時に、思わず、ほっ…と肩から力が抜ける。

チャッ、とスライドを引く鋭い音がし、向き直った時、案の定、男は右手に小ぶりな銃を握っていた。ワルサーのPPKか。

それにちらっと視線をやったが、柾鷹は特に顔色も変えず、さらりと言った。

「場所を変えてもらっていいかな？　あいつは何も知らないんでね」

柾鷹の言葉に男は鼻で笑い、軽く銃の先を振るようにして前を歩かせた。

「……どうして、この部屋にあると思ったんだ？」

歩きながら、柾鷹は軽い調子で尋ねる。

男の狙いが、どういう事情でか取り違えたUSBメモリだということは見当がつく。他に、こんな風に銃で脅される理由は思いつかない。

日本でならともかく、こんな海の上では。

しかも見知らぬ外国人だ。

「あの女が猫を抱いてるのを見かけていたし、ペンダントの鎖に猫の毛がついていたからな」

なるほど…、と内心で柾鷹はうなずく。

とすると、やはり。

「おまえが俺の欲しいものを持っているということだよな？」

背中から男が確認してくる。

「俺の持ってるヤツがおまえの欲しいものかどうかはわからねぇが、多分、今おまえの持ってるヤツが俺の欲しいものだな」

それにとぼけるように柾鷹は答えた。

「なんだと？」

ただでさえややこしい日本語で、少しばかり男は意味を取り損ねたのかもしれない。

いらだたしげな調子でうなった。

「ま、何にしても、あんたの欲しがってるヤツを俺は見つけてやれると思うよ」

「それを祈ってるよ。でなければ、おまえを殺さなきゃいけなくなる。――止まれ」

小さく笑うように言われ、背中に硬いモノを押し当てられて、柾鷹は足を止めた。

いずれにしても、そんなモノを見せた以上、生かしておくつもりがあるとは思えなかったが。

逆に言えば、そんなものを出したくなるほど、男はかなり切迫した状況らしい。それだけ重要で価値のあるデータだということだろう。

死人が出たとしても取りもどさなければならないほどの。

さすがに指の先まで緊張が走る。

やはりのんびりした船旅を楽しむだけではすまないらしい。

「開けろ」

目の前にクルーズカードが差し出され、柾鷹は肩をすくめてそれを取ると、ドアを開いて中へ入った。

正面の窓から海がのぞめる、バルコニー付きのツインだ。ジュニアスイートくらいの広さはあるのだろうか。

奥へ進み、無造作にクルーズカードをベッドへ投げると、柾鷹はゆっくりと男に向き直った。

デスクに電源の入ったままのノートパソコンと、見たようなハートのペンダントが投げ出されているのを、ちらりと横目にする。

柾鷹はそれを顎で指した。

「そのペンダント、ロケットじゃなかったか？　古い写真が入ってたんだろ？」

薄く笑うように尋ねてやると、男の目が険しく光った。

「やはりおまえがすり替えたのか？　おまえ…、何者だ？　どこの人間だ？」

「ただの新婚旅行中の乗客だよ。別にすり替えたわけじゃない。なんで入れ替わったのかもわからねぇが、単なるアクシデントだろ」

落ち着いて言った柾鷹に、男がピシャリと叫んだ。

「ごたくはいい！　さっさと出してもらおうか！」

柾鷹は肩をすくめ、ポケットに手を突っこむ。

「ゆっくりだ」

指示されて、柾鷹はゆっくりと指に鎖を絡め、ポケットからペンダントを引っ張り出す。

「俺の持ってるのはコレだよ」

「よこせ」

短く言われて、柾鷹はそれを男に投げる。

銃を持っているのと反対の手でそれを受け止め、男が銃を振るようにして柾鷹をさらにベランダの方へ下がらせた。

男がデスクに近づき、片手でUSBを開いてパソコンへ差しこむのを、柾鷹はガラス戸にもたれるようにして眺めていた。

やはりファイルは一つだけのようで、真剣な横顔で男がそれを開く。

と、画面いっぱいに盗撮された男女の絡み合いが広がった。

でっぷりと貫禄のある白人の男と、若い東洋人の女だ。全裸でもつれるようにベッドへ転がりこむと、騎乗位で腰を振りながら、男が女の小ぶりな胸をつかみ、獣のような声を上げている。

「な…」

思わず低く笑ってしまった柾鷹とは逆に、呆然と男がその画面を見つめている。

そして我に返ったように柾鷹をにらみつけた。

「なんだ、これは!?」

「エロ動画らしいな」

「ふざけるなっ」

つらっと答えた柾鷹に、男が気色ばむ。

大股に柾鷹に近づくと、襟首をつかみ上げ、こめかみに銃口を押し当ててきた。

「おまえを殺して、おまえの部屋を徹底的に調べたっていいんだぞ…?」

ぎらつく目で、押し殺した声を出す。

「まぁ、落ち着けよ。そのハートのペンダントはどうやら三つ、あったみたいだな」

しかし動じることなく、柾鷹はじっと男の目を見つめて言った。

「三つ…?」

男が怪訝そうにつぶやく。

「そのエロ動画を探してる男を知っている。だから多分、そいつがおまえの欲しがってるデータを持ってるんじゃないかと思うんだがな」

落ち着いた様子で言った柾鷹に、男が大きく息をついて、柾鷹の身体を突き放した。

「もらってきてやろうか？」

にやっと笑って親切に言ってやったが、男は、いや、と言って大きく息をつく。

「その男をここへよこしてもらおうか。もちろん、データを持ってな」

「電話していいかな？」

おどけた様子でお伺《うかが》いを立てた柾鷹に、男がうなずく。

柾鷹はポケットから携帯を出して、狩屋へ電話を入れた。どっちにしても、柾鷹の携帯にレオの番号は入っていない。

「……ああ、俺だ」

狩屋はすぐに出て、いくぶん早口に応えた。

『柾鷹さん？　大丈夫ですか？　今、レオの部屋にいるんですが、例のデータ、ちょっとヤバいやつみたいですね…。国家レベルで動いている可能性がありますから、少し気をつけた方がいいかもしれません』

それを聞きながらも、柾鷹は朗らかにまるで違う会話を続ける。

「ああ、見つけたよ、例の盗撮動画。どこかで入れ違ったみたいだな。これ、おまえが探してたやつだろ？　レオ」

レオと話しているふりで。

『……柾鷹さん？　誰かと一緒ですか？　……もしかして、このデータの持ち主ですね？』

さすがに察しがよく、狩屋がいくぶん緊張をはらんだ小声になって確認してくる。

「ああ、そうだ。それで間違っていってるそっちのやつ、ここまで持ってきてほしいんだけどな？」

『危ない状況ですか？』

「いや、特に道具は…、パソコンとかは必要ない。確認はこっちでできる」

そんな言葉でちらっと男を見ると、男が険しい顔でうなずく。

「すぐに来られるか？　……一時間？　いや、そんなには待てないな。今すぐがいい」

男に確認しながらの体《てい》で柾鷹は会話を続けた。が、伝えたいことは別にある。

『相手は一人。銃を持っているんですね？』

さすがに狩屋は察しがよかった。

「そうだ。……ああ、部屋は……何番だっけ？」

尋ねた柾鷹に、男が短く答える。

「Ａ３０３」

「Aの303だそうだ」

『すぐに行きます。遙さんは大丈夫ですか？』

「ああ。多分」

『念のため、若いのをつけておきます』

「よろしくなー」

何気ない様子で通話を終え、柾鷹は携帯をポケットへ落とすと、腕を組んで男へ向き直った。

「すぐに持ってきてくれるらしいぜ」

「それが本物じゃなければ…、おまえの命はないからな」

脅すように言われ、柾鷹は低く笑う。

「心配するな。レオもそのエロ動画を探してんだよ。ついでに言えば、俺もそのロケットをもらって帰りたいしな」

「中身が本物だとわかれば、好きにすればいい」

さらりと男は言ったが……生かして帰すつもりはないんだろうなぁ、と思う。自分も、これから来るレオも。まあ、レオ本人が来るかどうかはわからないが。

部屋のチャイムが鳴ったのは、それから十分ほどした頃だった。

男が銃を持った手をさりげなくうしろに隠したまま、ドアを開いた。

「えーと、マサタカ、こちらにいますか？」

いかにも無邪気そうな若者の声。レオ本人が来たらしい。

「ああ、ええ。いらっしゃいますよ。ご足労をおかけしてすみません」

男の方もにこやかに応えてレオを中へ招き入れ、ドアを閉じる。さりげなく、しっかりとロックも。

「なんか、ペンダントが入れ違ってたみたいですね。僕もびっくりして。……あっ、これ」

ちらっと柾鷹と視線を合わせてから、レオがハッと気がついたように、デスクのパソコンに飛びつく。真っ最中の静止画像だ。

いかにも渋い顔で、レオが男を振り返った。

「お恥ずかしいです。叔父《おじ》が趣味でこういう動画を撮っていたみたいで」

そつなくそんな嘘をつく。

「いや…、まあ、ちょっと驚きましたけどね。しかし…、どこで間違ったんでしょう？」

男も何気なくそんな問いかけをしながら、二人の退路を断つようにゆっくりとベッドの脇に立った。

「パレードの時にうっかりロビーで落としてしまったので、その時かもしれません」

「なるほど…」

レオの応えに、ああ…、というように男がうなずく。

「おい、その横にあるハートのロケット、とってもらえるか？」

と、柾鷹が口を挟んでレオに頼んだ。

パソコンに差してあるのとは別に、同じようなハートのペンダントがデスクに転がっている。

「これ？」

手を伸ばしてそれを拾い上げると、レオが柾鷹に投げてくる。

「え、それ、あなたの？　何、そっちも入れ違ってたの？」

「三つが入れ替わっていたらしいな。だから俺がここにいるんだろ」

軽く首をかしげたレオに、柾鷹はあっさりと答えた。

でなければ、当事者のレオとこの男で勝手にやりとりしてくれればよかったのだ。

「あぁ…、それでね」

納得したようにレオがうなずく。

「それで、持ってきていただけましたか？」

いくぶん焦《じ》れるように、男がレオに尋ねる。

「ええ、これですよね」

と、レオがポケットから同じようなペンダントを取り出した。そして指先で軽く引っ張ってハートを二つに割ってみせる。

「もしかして、中を見ました？」

大きな笑顔のまま、何気ない様子で確認する男の目は、まったく笑っていない。

「いいえ。見てないですよ」

それに真顔で、白々しくレオが答える。

そのレオを、男がじっと見つめた。ゆっくりと右手が上がり銃が向けられる。

「それは…、嘘だな」

苦笑して男が言った。

「見てなければ、中身が違うとはわからない」

「……ま、そうだよね、普通」

レオも往生際はよく、軽く肩をすくめてみせる。

「中身は何なんだ？」

何の気なしに尋ねた柾鷹に、男がバッサリと言った。

「おまえが知る必要はない。見てもおまえにはわからんだろうしな」

「ま…、そうだな」

首のあたりを掻きながら、柾鷹は短く息をついた。

あえて知りたいわけでもないのだ。

「データを開いてみろ」

男がレオに命じ、レオが差されていた動画のＵＳＢメモリを引き抜くと、持っていたものと入れ替える。

フォルダが一つ。

男の方を確認してさらに開くと、いくつかのファイルが入っているようだ。

「どれか一つだけ、開け」

確認なのだろう。男の指示でレオが適当に開くと、何やら設計図らしい画像だった。

「よし。モバイルを閉じろ」

言われるまま、レオはパソコンをぱたん、と閉じて、男に向き直った。

「それで、どうするつもり？」

微笑んで尋ねている。

そんなレオと、そしていささか退屈そうな柾鷹を、男が訝《いぶか》しげな目で眺めてきた。

「おまえたち…、何者なんだ？　……同業者なのか？」

同業者、の意味がわからなかったが、さすがに普通の会社員とは思ってくれないらしい。

思わずレオと顔を見合わせた。

「俺は普通の学生」

「俺は普通の自由業者？」

ちょっと首をかしげて言った柾鷹に、男が鼻を鳴らした。

「まあ、いい。幸い、太平洋のど真ん中だ。不幸な事故で海に落ちる乗客がいたとしても不思議じゃない。死体も上がらないだろうしな」

そんな言葉に、柾鷹は思わずレオを見て、低くうなった。

「おまえと一緒に心中なんて、ゾッとしねぇな…」

「俺だって嫌だよ。狩屋とならまだしもっ」

イーッ、と生意気にレオが顎を突き出す。

「誰しも、死からは逃れられないものだ。早いか遅いかの違いでね」

口元で笑い、男が一歩、近づいてきた。慣れた様子でセーフティレバーを外す。

「そうだろうな」

まっすぐに男から視線を逸らさないまま、のんびりと柾鷹は答えた。

「本当に不運だったな。こんなことに巻き込まれて。気の毒に思うよ」

いかにもな調子で男が言って、引き金を引こうとした——その時だった。

ピンポン…、と突然、部屋のチャイムが鳴らされる。

あまりのタイミングに、反射的に男の視線がふっと背後のドアへ逸れた。

——と、その瞬間、柾鷹は一気に男との距離を詰めた。

両手で男の銃を持った右手をつかみ、銃口を逸らしたまま、押し倒すように後ろのベッドへ倒れこむ。

バシュッ…！　と鈍い発射音がし、天井に穴が空く。

かまわず手首を折り曲げるように力をかけると、さすがに男の指から銃が離れ、ベッドの脇へ転がり落ちた。

「この…、クソッ…！」

男が片手で必死に柾鷹の髪をつかみ、引き剝がそうとする。もう片方の拳が押し返すように顎を殴《なぐ》り、さらに足で強烈に柾鷹の腹を蹴り上げた。

「……つっ…、——てぇ…っ」

ふっ飛ぶように柾鷹の身体が後ろの壁にたたきつけられる。

ぶつけた後頭部と蹴られた腹が鈍く痛んだが、男が必死に腕を伸ばして銃を拾おうとしているのが、わずかにかすんだ目に入ってくる。

重い身体を必死に動かして柾鷹はその男の背中につかみかかり、首の後ろの襟に手を掛けると、思いきり引きよせる。反射的に振り向いた男の顎を思いきり殴りつけた。

「ぐぁ…っ…！」

指に引っかかっていたらしい銃が戸口のあたりまで床をすべるように飛び、男の身体は広いベッドへドサッと倒れこむ。

「きさま…！」

それでも血走った目で男は柾鷹をにらんできたが、その長いリーチが繰り出される前に、男の身体はベッドの横へ吹っ飛ばされていた。

「組長、大丈夫ですか？」

そしていくぶん固い男の声が聞こえる。

いつの間にかベランダのドアが開き、中へ入りこんでいたディノがレオをうしろにかばうように立っていた。

「あぁ…、悪りぃな…」

さすがに大きく息をつき、柾鷹は殴られた顎を撫でる。口の中が少し切れたようで、血の味がした。

そして思い出して、男の身体をまたぐようにして柾鷹は部屋のドアを開ける。

と、目の前に狩屋が立っていた。

「片付きましたか？」

例によって、淡々と尋ねてくる。

「あぁ…」

痛む後頭部をさすりながら、いくぶん渋い顔で柾鷹はうなずいた。

さっきの狩屋との電話のやりとりのあと、通話は切らないまま、ポケットに入れておいたのだ。タイミングを計ってチャイムを鳴らしたのだろう。

そしてその間、どうやらディノは隣の部屋から——どう断ったのか、無断で侵入したのか——ベランダ越しに乗り移ってきたらしい。

……正直、ちょっと考えたくないアクロバットだが、まあ、ディノとしてはレオの身を守るためなら躊躇《ちゅうちょ》はないということらしい。

「愛情の差だなァ…」

ちろっとそっちを眺めて、いかにも意味深につぶやいてみせた柾鷹に、狩屋は澄ました顔で言った。

「申し訳ありません。そこまではちょっと」

実際、誰にしてもそこまでやるとは思っていなかったのだが、柾鷹がベランダの窓の前に立っていた時、コツコツ…と外から小さく合図されたので、後ろ手にこっそりと鍵は外しておいたのだ。

と、いきなり床の方から、「アウ…ッ！」と鋭い悲鳴が上がり、何かと思えば、狩屋が無造作に男の手の甲を踏みつけていた。

どうやら銃へ腕を伸ばそうとしていたらしい。

身を屈めて銃を拾い上げ、狩屋が首を傾《かたむ》けた。

「それで…、このあと、どうされますか？」

柾鷹にというより、奥の二人にも投げるような問いだ。

あー…、と柾鷹は思わずうなった。

確かに処理に困る。

「さっきその男が自分で言ってたじゃない？　誰しも死からは逃れられないって。うっかり海に落ちちゃえばいいんじゃないの？　どのみち、この男の任務は失敗したようだし」

あっさりとレオが言う。

「間違ってたから返して、って言ってくれれば普通に返してあげたのにね。ヘタに口封じしようとか考えるから」

「こえぇなぁ…、ニューヨークのマフィア」

柾鷹は嘆息してみせる。

「日本のヤクザだって似たようなもんだし」

ふん、とレオが鼻を鳴らす。

柾鷹はちらっと狩屋の顔を見た。

正直なところ、何にしても騒ぎになりそうでやっかいだ。行方不明者が出て、その船室の天井に銃痕があるなどということになれば。

そして乗客を調べるとなると、どう考えても真っ先に日本のヤクザが疑われる。……いや、まあ、事実、関わっているわけだが、しかしとばっちりみたいなものである。

ニューヨークのマフィアだって疑われてしかるべきだが、なにしろ今はまだ学生というところが小賢《こざか》しい。

「どうすっかなァ…」

頭を掻きながら柾鷹が低くうなった時だった。

「あとはこちらで処理いたしますので。どうか、そのままお部屋におもどりいただいて大丈夫ですよ」

ドアの向こうに、眼鏡《めがね》をかけた若いスーツ姿の男が静かに立っていた――。

――遙――


ドアチャイムが鳴って、弾《はじ》かれたように遙は立ち上がった。

妙にあせって、少しばかり鍵を開けるのに手間取ってしまう。

「おっ、着替えてなかったな」

にたにたと満足そうに相好《そうごう》を崩して廊下に立っていたのは、柾鷹だった。

当然、そのはずだったし、期待していたことでもある。

「柾鷹……」

しかし、遙は思わず呆然とつぶやいていた。

なんだろう？　なんとなく、狩屋が……柾鷹に何かあった、と知らせてくるような、そんな気がしていたのかもしれない。

もしそうだったとしても、冷静でいられるように。

あらかじめ、何か悪い知らせに対して自分に保険をかけるみたいに。

何、というわけではなかった。だが部屋を出た時、いつになく、柾鷹の背中が緊張していたような気がしたのだ。

だが…、どうやら気のせいだったようだ。

えらく不躾に乗客との間に割って入ったのも、単に他の男を近づけたくなかったからか。

よかった、とホッとする。

それでも多分、こんな不安はこれからいくどとなく味わうのかもしれなかった。

何も言えないまま、この男の背中を送り出すようなことは。

状況もわからないまま、ただ待つだけの時間を耐えるようなことは。

……だがそれも、自分の選んだ道だった。

「なんだよ?」

立ち尽くしていた遙に、柾鷹が怪訝そうに眉を寄せ、ちょっと顔をのぞきこんできた。

「いや…、別に。おかえり」

わずかに目を伏せて、いくぶん素っ気なく遙は答える。

そしてようやく、それに気づいた。

「え…、ユキちゃん? どうして?」

柾鷹が小脇に見覚えのある猫を抱えていたのだ。バリバリと柾鷹のズボンに鋭い爪を立てている。

「また脱走してたぞ? そこの廊下でうろうろしてた」

「えっ、いつ外へ出たんだろう…？」

ちょっと呆然としてしまう。

だがそういえば、スタッフがクレンジングフォームを持ってきてくれた時にドアを開けたので、外へ出るとしたらその時しかない。

いつも通り、何も変わりなく——いや、化粧を落とすのはイレギュラーなことなのだが——普通に過ごしていたつもりで、ぼんやりしていたのだろうか。いなくなったことにも気づかないくらいに。

「めずらしく頼りになるな」

「めずらしくかよ…」

あえてそんなふうに言いながら猫を受け取った遙に、柾鷹が口を尖《とが》らせる。

「ていうか、その猫、バァさんに返すんじゃなかったのか？」

「ああ…、電話したんだけど、ひな子さん、ちょっと足をひねったとかで、今夜は安静にしてるらしくて。京さん…、あ、秘書の人もその世話で今夜はユキちゃんの面倒をみられないから、一晩預かることになったんだよ。あとでエサ、持ってきてくれるって」

「あぁ？　預かる？」

物騒な顔で柾鷹がうなる。

「いいだろ、一晩くらい」

「ベッドに入れるんじゃねぇーだろーなー」

白い目でにらんできた男に、遙はつらっと返す。

「俺のベッドに入れるんなら問題ないだろ」

「ないわけないだろっ。つーか、おまえ、今夜は自分のベッドで寝られると思ってんのか？　あぁ？」

「だったらベッドは一つ空くんだし、何が問題なんだ？」

ちょっと楽しいような、意地の悪いような気持ちで、ユキちゃんをソファに下ろしながらさらりと言う。

こんな何気ない……いつもの、柾鷹との会話がうれしかった。

あたり前のように、こんな会話を交わせることが。

遙の言葉に、うん？　と柾鷹が考えこんだ。

「……あ？　え？　うん？　そうか…、いいのか…？　——おぉっ？」

そしてようやく頭の中で方程式ができあがったらしく、パッと顔を輝かせる。

「そうか…、そんなに期待していたとはな…」

「別に期待はしていない」

ことさら素っ気なく、遙は返した。

「えー、そうかぁ？　意外と素直にドレス着替えずに待っててくれたしなー。案外、そういうプレイもヤル気満々なんじゃねぇのか？」

「プレイってなんだよ…」

にやにやと顎を撫でながら言われて、思わずそうなってしまう。

「そうだよなぁ…。やっぱ、俺たちくらい長いつきあいになると、常に新鮮なシチュエーションを模索しなきゃなぁ…」

背中からべったりと抱きつき、腰に腕まわして足を撫で下ろしながら言った柾鷹が、ふと気がついたように手を止める。

「あっ。まだパンツ穿いてるな？」

「あたりまえだ」

眉を寄せ、男の手の甲をひねり上げた時だった。

ドアチャイムが軽やかに音を立てた。

そちらを眺め、チッ…、と柾鷹が不機嫌に舌を鳴らす。

「ったく、客の多い夜だな…」

「ああ…、多分、京さんだ」

思い出して、遙は男の腕を振りほどくと、ドアを開ける。

「夜分に申し訳ありません」

と、ドアの向こうで丁重に頭を下げたのは、やはり京だった。

そして遙を見て、ちょっと瞬きする。静かに微笑んだ。

「お似合いですね。今宵の趣向でしょうか？」

そういえばまだドレス姿だったことを思い出し、遙は、ええ、まあ、と苦笑いする。

「探していただいた上に、こんなお手数をおかけすることになりまして。主人も大変申し訳ないと申しておりました」

「いえ、大丈夫ですよ。ユキちゃん、可愛いし。俺の方は全然。……ひな子さんの具合はいかがですか？」

やはり年齢もあるし、こじらせると大変だろうと思う。

「たいしたことはないのですが、今夜は大事をとって休んでいただいているだけなのです。ユキがいると、つい動いてしまうことがありますから」

「ああ…、そうですね」

遙はうなずく。

生き物が相手だと、予期しない動きで患部をひどくすることもあるのだろう。

「本来、私が面倒をみなければならないところなのですが、ひな子様のお世話の他に急な仕事も入ってしまいまして」

恐縮する京に、遙は微笑んで言った。

「俺の方はかまいませんから、必要な時はいつでも声をかけてください。……あ、明日はアサイラムに連れていけばいいんでしょうか？　ひな子さん、外へ出て大丈夫ですか？」

「ええ。あちらの方が気持ちよくお過ごしになれると思いますので。よろしくお願いいたします。……それで、エサと猫砂を運ばせていただきました」

「あ…、はい。どうぞ」

どうやら、京のうしろに二人ばかりついてきているらしく、遙はあわててドアの前から身を引いた。

クルーというよりはどうやらひな子個人の使用人らしい男が二人、失礼いたします、と丁寧に挨拶して中へ入ってくると、リビングの一角にテキパキとシートを敷き、猫砂を設置し、エサを用意する。

エサ、というより、陶器の皿にきれいに盛りつけられた一品料理だ。

そういえばペットも乗船できるだけに、ペットの食事もシェフに発注できるようだった。おそらく貧乏学生の食事よりも、はるかに金はかかっているのだろう。かなり量もあるようだが、まあ、半日行方不明だったのならお腹もすいていそうだ。

案の定、ユキは匂いをかぎつけたのか、そんな準備をしている人間たちの方を、うずうずと待ち構えるように身体を伸ばして眺めている。

「あ…、そうだ」

と、思い出した。

ペンダントのことをあやまっておかなくてはならない。落とした時、鎖が切れていたのだ。

遙はユキちゃんのところへ行って、首のペンダントをいったん外そうとする。

そして、異変に気づいた。

ペンダントには、なぜか鎖の切れた跡がなかったのだ。

切れた部分をそのままに、別の輪に留め金をかけていたので、その分、短くなっていたはずだが、そんな様子もない。

「え…?」

意味がわからず、思わずロケットを開いて中を確認してしまう。

しかし間違いなく、中にはひな子さんとご主人の若い頃の写真が入っていた。以前に見せてもらったものだ。

——どうして……?

「どうかされましたか？」

「あ、いえ」

怪訝そうに京に聞かれ、反射的に強ばった笑みを返したが、頭の中は混乱していた。

――どういうことだろう…？

冷静に考えれば、……そう。鎖がいつの間にか替わっている、ということだ。

鎖が？　それとも、ロケット自体が？

そういえばあの時――落としたロケットを拾ったあとは、特に中を確認してはいなかった。

探していたロケットが落ちていたから、何の疑いもなく、それを拾って帰ってきたのだ。

だとしても、何がどうなって手元にもどってきているのかわからない。

ただ……もし、ロケットが替わっていたのだとしたら、それを取り替えたのは柾鷹しかいない。

ハッと、遙は男を振り返った。

すると、柾鷹はなぜかじっと京を見つめていた。

無意識のように指で顎を撫でながら、ひどく真剣な、恐いくらいの眼差しで。

準備を終えるのを確認した京がふっと顔を上げて、その柾鷹と目が合ったのか軽く会釈し、そして遙に視線を移して静かに微笑んだ。

「それでは、朝木さん。よろしくお願いいたします」

丁寧に頭を下げ、京たちが部屋を出た。

ユキちゃんが猛烈な勢いでエサ——というより、食事に突進する。

「京さん…、どうかしたのか？」

結局、黙ったまま京を見送った柾鷹に、遙はそっと背中から尋ねた。

「……あ？　いや」

耳の下を掻きながらあっさりと答え、そして何気ないように聞いてくる。

「あの男の主人ていうのが、おまえの言っていた可愛いババアなのか？」

「だからババアって…、本人の前で絶対言うなよ。そう、早水ひな子さんって人。名家の大奥様って感じの人だけどね」

ふーん、と柾鷹が鼻を鳴らす。

「さっきの男は秘書だって？」

「そう。……京さんみたいな人がタイプなのか？　ずいぶんと見つめていたようだけど」

なかば冗談にしてうかがった遙の目をまともに見て、柾鷹が唇で笑った。

「ばーか」

憎たらしく言うと、男が遙の腰を引きよせた。

「俺のタイプはおまえだって。知ってんだろ？」

にやりと、いたずらっ子みたいな眼差しが遙を見つめる。顔を間近に寄せ、耳元でささやくように言葉を落とす。

調子のいい言葉。

だが——。

「そうだな。知ってる」

胸の奥にくすぐったい甘さを感じながら、遙は小さく吐息で笑った。

男の指が遙のうなじをこするように撫で、そのまま襟足をつかむように引きよせられ、唇が奪われる。

おたがいにうかがうように舌先が触れ合い、いったん離そうとした遙だったが、強引に熱い舌が絡みついてくる。

「んっ…、ふ…、……ぁ…、あぁ……っ」

きつく吸い上げられ、唾液が滴《したた》るほどたっぷりと味わわれて、息が苦しくなってようやく解放される。

柾鷹が荒い息をつく遙の身体をなかば抱き上げるようにして、隣のベッドルームへと移った。

きっちりとドアを閉めて、ユキちゃんを閉め出す。

しばらくは食事に夢中だろうが、そのあとはおとなしく寝てくれるといいのだが。

手前のベッドへ腰を下ろした男が、膝の上に遙を抱きかかえるようにして、さらに唇を求めてくる。

キスを繰り返しながら、男の手がドレスの深いスリットを割って忍びこみ、足を撫で上げる。

「あぁ…っ」

ゾクリ…と肌が震えるような感触に、遙はわずかに身体を反らした。

「——う…っ！」

と、反射的に身体を支えようと男の腹に手をついたとたん、柾鷹が低いうめき声を上げる。

気がつくと、身体をよじって、顔をしかめていた。

「どうした？」

思わず眉を寄せ、遙は今度はそっと手を伸ばす。

男のシャツをまくり上げて腹を出させると、その部分の色が変わっており、どうやら大きな痣《あざ》になりかけていた。

「おまえ…、どうしたんだ、これ？」

さすがに驚いて尋ねてしまう。

「マジかよ…」

それを眺め、柾鷹も情けなさそうにうなった。

「ひょっとして、顔もか？」

よくよく見ると、唇の端が少し切れているのがわかる。指先で軽く触れただけで、いでっ！と跳び上がるような声を上げていたから、もしかするとここも明日あたり、腫《は》れ上がっているのかもしれない。

「おまえ…、このケガ、どうした？」

「あー…。ちっとケンカをなー」

眉を寄せて聞いた遙に、柾鷹が渋い顔で言った。

「ケンカ？　さっきの男と？」

いきなり部屋を訪ねてきた見知らぬ男。

結局、誰だったんだろう、と思う。

「そー。あのやろう、カジノで勝ち逃げしたって因縁つけやがってなー…」

ぶつぶつと言う柾鷹を、遙はじっと見つめてしまった。

微妙な違和感…、だろうか。なんとなく、違う、と思った。

そんなことではない。

――何かが、起こっていたのだろうか？

自分の知らないところで。

あのペンダントのことも。

どくん…、と胸の奥で大きく心臓が鳴る。

あの時——。

この男は、何も言わず、自分を守ってくれていたのだろうか……？

多分、これまでも……これからも、だ。

ふいにまぶたが熱くなる。

それを押し隠すように、遙はとっさに男の肩を突き放した。ベッドを降り、少し離れたところに立つ。

「遙？」

怪訝そうに、柾鷹が首をひねった。

男を見つめたまま、遙は小さく笑う。そっとドレスの裾に両手を入れ、ゆっくりと下着を脱いでいく。

最後は足先で蹴り飛ばすと、再びベッドへ近づいた。

「大胆だな…」

柾鷹が口笛でも吹きそうな様子で、大きく目を見開いてみせた。

「世界観を大事にしてるんだろ？」

澄ました顔で言うと、遙はベッドへ腰を下ろす。すかさず男の腕が巻きつき、シーツへ引き倒された。

「いいなー。ぴらっとドレスをめくって生足が出てくんの。チラ見せがたまんねえ…」

にやにやとエロオヤジそのままに言いながら、男の手がいやらしく遙の足をたどり、指先でドレスの裾をわずかにめくって、中心のギリギリまで露出させる。

「……女を抱きたいのか？」

上から楽しげに見下ろしてくる男を見つめ、ふと、遙は尋ねる。

「いいや」

それに落ち着いて柾鷹が答える。

「おまえを抱きたいだけだ」

指先で遙の額を撫で、そしていったん身体を起こした柾鷹はジャケットを無造作に脱ぎ捨てた。

そして、その下のシャツを頭から引き抜くようにして放り投げる。

いてっ…、と低くうなった男の腹は、……殴られたのか、蹴られたのか、だんだんと痣が濃くなっていきそうだった。

「大丈夫なのか…？」

そっと指を伸ばし、手のひらを押し当てるようにして聞いてしまう。

「問題ないさ…」

顔をしかめて言ったそれがやせ我慢なのはわかっていたが、遙は小さく笑った。

腕を伸ばし、男の首を引きよせて、唇の端に軽くキスを落としてやる。

「どうした…？　優しいな」

柾鷹がちょっと驚いたように目を見張り、身体を重ねてくる。それぞれの手をシーツに縫いとめるようにして、頬をこすりつけ、顎に、首筋に唇を押し当てる。

濡れた舌が這《は》い、貪《むさぼ》るように肌を吸い上げた。

服の下に下着を穿いてないというのが、微妙に落ち着かない。そうでなくとも、深いスリットやら、大きく開いた胸元やら背中やらと、女性のドレスは露出が多い。

遊び場がいっぱいで、わくわくと期待いっぱいな男の手が、手始めに、というみたいに、大きく裾をはだけさせて遙の足を撫で上げてくる。

「……んっ…、……あっ……」

見えそうで見えない内腿がやわらかくなぞられ、きわどいラインがたどられて、危うい声がこぼれ落ちた。

ドレスの布地の下で動く男の手がひどく卑猥《ひわい》で、たまらず視線を逸らせてしまう。それだけで、じわじわと身体が熱くなる。

吐息で笑い、柾鷹が中心へと指をすべらせた。

指先で二、三度軽くたどられ、手の中でこすり上げられて、あっという間に頭をもたげ始める。

「あぁ…っ！　……んっ、……ふ…ぁ…っ」

敏感な先端が布に当たって、疼《うず》くような痛いような刺激に腰が揺れる。

「おっと…、ドレスを汚しそうだな？　これ、買い取りしてんのか？」

耳元で意地悪く聞かれて、カッ…と頬が熱くなる。

そして膝のあたりからゆっくりとめくり上げると、片方の膝裏を軽く浮かせて押さえこみ、内腿へ唇を這わせていった。

「あ…っ、あぁぁ……っ！」

痕《あと》がくっきりと残るくらい強く嚙まれ、たまらず腰が跳ね上がる。どくん、と反った先端から、蜜が滴り落ちてしまう。

それを舌先ですくい取り、遙の中心が男の口にくわえこまれた。

「ふ…ぁ…、あぁっ、あぁ…っ！」

そのまま口の中でこすり上げられ、先端からくびれまで舌先でなぶられて、ガクガクといやらしく腰が揺れる。

男の指が根元の双球を揉《も》みしだき、さらに甘い快感が腰の奥から全身を突き抜けていく。

そこからさらに奥へと男の舌がたどり、硬い窄《すぼ》まりを突き崩すように唾液が落とされた。

やわらかく濡れた舌先がなぞるたび、頑《かたく》なな襞《ひだ》も少しずつほころんでいくのがわかる。

すでにそこに与えられる快感を知っている身体は、早くも中で味わう男を待ちわびてヒクヒクと淫《みだ》らに動いている。

「かわいーよな…、おまえのココ」

いかにもいやらしく言いながら、男の指が襞を押し開き、さらにその奥へ舌先がねじこまれる。

「あぁぁぁぁ………っ！」

身体の中で舌を動かされ、ゾクゾクと肌を這い上がる得体の知れない感覚に、たまらず身体がよじれる。

遙は必死に両手の指でシーツを引きつかんだ。

たっぷりとそこが唾液で濡らされ、熱く、やわらかく溶けきった頃、いったん顔を離した男が指を沈めてきた。二本、いっぺんに。

「あ…、ん…っ、あぁ…っ！　……あぁぁ……っ！」

舌とは違った硬い感触を熱い粘膜がいっぱいにくわえこみ、味わおうとする。それをからかうみたいに男の指が中を掻きまわし、さらにあふれ出るような快感に腰が震える。

「気持ちよさそうだな…。んん…？」

満足そうに柾鷹が吐息で笑い、片方の手が遙の頬を撫で、唾液の滴る唇を拭ってくれる。

そしていったん指を引き抜くと、伸び上がるように唇にキスを落としてから、遙の両膝を引きよせた。

ズボンを下ろし、中で窮屈そうに押しこまれていた男を、遙の潤んだ奥へと押し当てる。

「あ……」

その感触に熱い吐息がこぼれ、無意識に遙は目を閉じる。

先走りに濡れた男の先端と、唾液を絡めていやらしくヒクつく襞が絡み合い、さらに淫らな音を立てる。それだけで、全身が羞恥《しゅうち》に熱くなる。

「も…、……はやく…っ…」

両腕で顔を覆い、歯を食いしばるようにして遙はうめいた。

「おまえのおねだり、すげー、そそる」

ねっとりと耳元で言葉を落とされ、次の瞬間、じわり、と男が中へ入ってきた。

少しずつ押し入れられ、抵抗もなく遙のそこは男をくわえこんでいく。

「あぁ…、たまんねぇな……」

ようやく根元まで収めて、かすれた声で柾鷹がため息をついた。

遙も必死に息を整えながら、身体の中で男が熱く脈打っているのがはっきりと感じる。

やがて男が腰を揺すり始め、徐々に出し入れを激しくする。

「あっ…、あっ…、あ…あぁぁっ、……あっ…ん…っ」

もう自分の身体がどうなっているのかもわからないまま、ただ男の熱に浮かされ、絶頂に向かって高まっていく。

「遙……」

低くかすれた声で呼ばれた瞬間、遙は達していた。

無意識にギュッときつく締めつけ、低くうめいて男が中で果てたのがわかる。

おたがいに熱い呼吸を絡めながら、男がだるそうに重い身体をいったん起こした。

「あ……」

ずるり、と抜けていく感触に、身体が震えてしまう。

剝き出しの腕が撫でられ、首筋から肩、そして腕へと唇が這わされる。

そのままぐったりとした身体がうつ伏せに転がされて、あ…、と気がつくとわずかに腰を突き出すような恥ずかしい格好をとらされていた。

しかも、うしろにスリットの入ったドレスでは、ほとんど尻が剝き出しになっている。

「よせ…っ」

あせって体位を変えようとしたが、男の腕ががっしりと腰をつかんでいた。

「おまえがノーパンなんつー、エロいカッコで煽るから…、抑えがきかないんだろうが」

勝手なことを言いながら、男が背中から覆い被《かぶ》さってくる。

大きく開いた背中が撫でられ、背筋に沿ってキスが落とされた。

同時に脇から前にまわった両手が遙の胸を撫で上げ、あっという間に小さな乳首を見つけ出すと、指先で転がすようにして愛撫《あいぶ》する。

きつく摘まれ、押し潰されて、たまらず遙は喉を仰《の》け反《ぞ》らせるようにしてあえいだ。

自分の中心が再び硬く形を変え、先端が布にこすれるほど反り返しているのがわかる。

その刺激に、焦れるように腰を揺するが、それがさらに新しい刺激を生んで、疼いてたまらなくなる。

「前…っ、前……して…ぇ…っ」

どうしようもなく、舌足らずにみじめにねだってしまう。

「……ん？　こっちか？」

柾鷹が機嫌よく手を伸ばし、すでに張りつめた先端をピン、と指で弾いて、大きすぎる刺激に遙は腰を振り乱すようにしてあえいだ。

「あぁ…、これは感じすぎるか…？」

低く笑い、男の手が優しく遙の前を握りこむ。そして蜜《みつ》にまみれた先端を指の腹で揉むようにこすりながら、全体をしごき上げた。

「……ひ…ぁ…、あぁ…っ、あぁぁ……っ」

男の手に操られるまま、遙は全身を揺すり、快感に溺《おぼ》れる。

もう片方の指がうしろにねじこまれ、さっき中に出されたものが掻きまわされて、どうしようもなく遙はシーツに顔を押しつけ、涙と唾液をこすりつける。

「いい……っ、——あ……、いい……っ」

「まだ指だろ？」

恥ずかしく口走った遙に低く笑い、柾鷹が指を引き抜いた。

あっ、と一瞬あせったが、なだめるように背中が撫でられ、すぐに熱い男があてがわれる。

濡れた男の先端に、淫らな襞がしゃぶりつくように絡み、きつくこすり上げてほしくて焦れるようにうごめく。

しばらくからかうみたいにそこで遊んでから、行くぞ…、と一気に男が中を貫いた。

「あぁぁぁぁぁ…………っ！」

腰の奥に、身体の芯《しん》に響く衝撃に、遙は大きく身体を仰け反らせた。

きつく男を締めつけた腰がつかまれ、激しく出し入れされて、頭の芯が濁ってくる。

ドレスはもうほとんどまくり上げられ、恥ずかしい部分はすべて剝き出しで、おそらく身につけている方がずっと卑猥に見えるのだろう。

焦らすようにいったん腰の動きを止め、中に入れたまま、前にまわった男の指が乳首をもてあそぶ。

「……あっ…ん…っ、は……あぁ……っ」

硬く尖った乳首が爪できつく弾かれ、ひねり上げられて、鋭い刺激にたまらず遙の口から高い声が溢れ出した。反射的に、男をくわえこんだ腰に力が入ってしまう。

「おい…、すげぇ締めつけだな…」

吐息で笑うように言われ、なだめるよう背中を撫でられて、さらにカッ…と全身が熱くなった。

うなじから首筋に唇を這わせ、なめるようなキスを繰り返しながら、男の片手は乳首をいじり、もう片方は下肢へとすべり落ちていく。

硬く反り返し、ポタポタと先端から蜜を滴らせる遙のモノを手の中に握りこむと、くびれから先端を集中的にこすり上げる。時折、後ろに入った男を抜き差しして、深く、浅く刺激する。

「あ…、あぁ…っ、……あぁぁ…っ、いい……っ!」

前も後ろも、逃げ場がない快感の渦に呑まれ、遙はただガクガクと腰を振った。

「おまえ、ココを強くされんの、好きだもんなァ…」

ことさらいやらしく言いながら、遙の身体を知り尽くした男の指も、唇も、そして男自身も、容赦なく攻め立てる。

しかしイキそうになるとあっさりと男は動きを止め、遙はシーツを引きつかんだまま、みじめに全身をのたうたせた。

「あ……あぁ…っ、——ダメだ…、まだ…っ、柾鷹…っ、……やめない…で…っ」

思わず口走った声に、柾鷹が吐息で笑う。

「あぁ…、やっぱり顔が見てぇな…」

熱っぽく、ため息をつくように言うと、ずるり、と無造作に引き抜かれ、背筋を走った甘い快感に鳥肌が立つようだった。悲鳴のような危うい声を上げてしまう。

「……ほら、可愛い顔、見せろよ」

手荒に身体がひっくり返され、顎が押さえこまれて、唇が奪われる。

「ん…っ、ん…、……あぁ……」

すでにドレスがどんな状態になっているのかもわからず、遙は無意識に腕を伸ばして、男の首にしがみついた。

「ほら…、遙。中、入れるか…？　ん…？」

その身体を抱き寄せながら優しげに聞かれ、どろどろに溶けきった後ろに先端をこすりつけられて、すでにまともな理性も残っていない。

「入れ…て……くれ……っ」

本能のままに言葉を押し出した瞬間、腰の奥にズン…、と重い衝撃が走った。

「あぁぁぁ……っ！」

遙は夢中で男の背中に爪を立てる。

「あぁ…、いいな……」

つながった腰を軽く揺すりながら、男がため息をつくようにつぶやいた。

「やっぱ、おまえの中、最高に気持ちイイ……」

根元までずっぽりと収め、しばらく動きを止めた男のモノが、ゆっくりと遙の中で鼓動を刻む。

心からこぼれ落ちたような声に、胸の奥がくすぐったいように甘く疼く。

甘えるみたいに遙の髪に、頬に自分の頬をこすりつけ、鼻先に、そして唇にキスを落とす。

「すげー…、好き」

そして汗ばんだ頬を撫でながら、ニッ…と笑って言った。

そんな何でもない、シンプルな言葉が胸の奥に沁みこんでくる。笑ってしまうような、泣きたいような思いに、胸がキュッと切なくなる。

無意識に伸びた遙の手が男の髪に触れ、頬に触れた。

……この男が自分のモノなのだ、と。

やっかいで、うっとうしくて、めんどくさくて。どれだけ迷惑をかけられて、どれだけ人生を狂わされたのか。

それでも躊躇なく、自分のために命を賭けてくれる。

きっと多分、ただ好き——というだけで、なのだ。

「知ってるよ…」

遙はそっと微笑んで答えた。

それに男の目がイタズラっぽく瞬く。

「おまえも俺のこと、好きだろ？」

調子に乗るみたいに、わくわくした顔で聞いてくる。

「言わない」

この男が、その答えを知らないはずはないのだから。

「えー。新婚旅行なのにー。永遠の愛を誓い合わないとっ」

拗ねるように唇を尖らせ、柾鷹が遙の手をとって指を絡めた。

その手の甲に、そしてつけたままだった銀色の指輪にキスを落とす。

「あ……」

そんな仕草に、ちょっとドキッとしてしまう。

「おまえに誓われても、神様は困るだろうけどな…」

とっさに視線を逸らせて、素っ気なく言ってやる。

「だったら、言ってくれるまで焦らすぞー」

にやりと笑った男が、狙い澄ましたように遙の乳首を摘まみ上げる。

「おい…っ。――あ…っ…」

思わずうわずった声がこぼれたが、こんなところでだけ器用な男の指が乳首を、そして中心をもてあそんだ。

入ったままだった腰を揺すられ、引きずられるように身体が高まって、あっという間に頭の芯が濁ってくる。

「……あっ…、んっ…、あぁ…っ、ふ……」

「ほら…、イキたいか、遙……?」

えぐるように腰が使われ、蜜をこぼし始めた先端が指で揉まれて、遙は痙攣するように全身を突っ張らせる。

寄せ返す波のような快感が、全身を、意識を溺れさせる。

しかし遙がイキそうになると、男は意地悪く動きを止め、根元を押さえつけてせき止めたまま、さらに激しく自身を出し入れする。

「――ふ…ぁ…、あ…っ、あぁ…っ、もう…っ、柾鷹……っ」

男の指に、モノにさんざん翻弄され、その腕に爪を立てるようにして、遙は声が嗄れるまであえぎ続けた。

「俺が好きだろ…?」

耳元でこっそりと、熱っぽく尋ねてくる。

そう。こんなふうに言わされる――という言い訳がなければ、遙が素直にそれを口するようなことはなかったから。

遙自身、素面ではとても言える気がしない。

「あ…、好き……、好き……だから…っ、――柾鷹……っ」

熱く焼き尽くされた意識の中で口走った遙の唇に、満足そうに男がキスを落とす。

「いい子だ。ほら…、イケよ」

腰が浮かされ、一気に奥深くまで届いた男のモノが、中を思うままにこすり上げる。

「ふ…、あ…、あぁぁぁぁ………っ!」

瞬間、大きく身体を仰け反らせて、遙は達していた。

すさまじい解放感に一瞬途切れた意識は、しかしすぐに激しく身体を揺さぶられ、あっという間に引きもどされる。

「まだだろ…？　まだ寝るなよ…」

熱くかすれた声が耳元に落とされると、重い身体が膝に抱き上げられた。

いったん抜かれた男のモノは早くも力を取りもどしたようで、熱く濡らされた遙の中を探ってくる。

すわらされたままイカされて、さらにまた後ろからも入れられて。

ようやくドレスが脱がされ、全身にキスされる頃には、遙の意識はすでに深い眠りに落ちていた——。

## 八日目

――柾鷹――

八日目の昼過ぎ――。

柾鷹は猫を肩に担ぐようにして、のんびりとアサイラムへ上がっていた。

ゆうべは朝方までめいっぱい可愛がったせいでランチタイムになっても遙が起きられず、猫を返してこい、と指示されたのである。

ただ静かに読書なんかをして過ごすための場所らしく、まったく縁のない柾鷹は今まで足を踏み入れたことがなかった。

が、すぐに京の姿を見つけ、京の方でもこちらを認識したらしく、するりとソファから立ち上がった。

「わざわざありがとうございました。千住の組長」

静かに微笑んで言われ、どうやらこちらの素性は把握されているらしい。しらばっくれるつもりもないようだ。

「おう…。こいつ、爪がちっと鋭すぎねぇか？」

文句をつけながら、柾鷹はユキちゃんを肩から下ろそうとした。

みゅうっ、と鳴いて、嫌がるように爪を立て、必死に抵抗するが、柾鷹は容赦なく引き剥がす。

「申し訳ありません。なにしろ雪豹《ゆきひょう》の子供ですから」

さらりと言われ、柾鷹は思わず目を剝いた。

――雪豹、なのか……？

つーか、遙は知ってんのか？　ネコネコと言っていたような気がするが。

かまわず京は受け取った猫――雪豹を、向かいのソファで編み物をしていた老婦人の元へと連れていった。

どうやらそのバアさんが、遙の言っていたひな子らしい。

「まぁ…、ユキちゃん、無事でよかったわねぇ…」

手を止めて、猫の頭から喉元を撫でてやっている。そして、ふっと顔を上げて柾鷹を見た。

「あなたが遙さんのお相手なのね」

目を細めて柔和に微笑む。

「それがわかってて遙に近づいたわけじゃねぇよな？　バァさん」

ズボンのポケットに両手を突っこみ、むっつりと聞いた柾鷹にひな子が静かに首を振った。

「あら、いいえ。遙さんと知り合ったのは偶然なの。素敵な人ね。芯がぶれなくて、潔くて。しなやかで」

「あんた…、何者だ？」

目をすがめ、柾鷹はまっすぐに尋ねる。

ゆうべ――あの正体不明の男の部屋にやってきて、あと片づけを買って出たのは京だった。

そんな男を秘書に使う女が、まともな素性のはずはない。

「まぁ…、老後をのんびり過ごしているだけの、ただのお婆さんですよ。あなたが恐がるような人間じゃないわ。そうでしょう？」

ひな子が皺の寄った顔に優しげな笑みを浮かべる。

彼女は膝に編みかけのレースをのせ、老眼鏡を外してからやわらかく柾鷹を見つめ返した。

「私自身は本当に。世間知らずで何も出来ない女なのよ。ただ普通に愛する人の妻であり、普通に子供たちを育て上げただけ」

「普通にね…」

柾鷹は鼻を鳴らすようにして小さくつぶやく。

「そうね…、ただ私の亡くなった夫は、香港で応龍と呼ばれる組織の龍頭だったの。今は息子があとを継いでいるわ」

「応龍…？」

柾鷹は知らず眉を寄せた。

つい最近、聞いた名前だ。

「イーサン・リーがこの船に乗っているようね。まったく…、私の大切なこの船を商売の場所に使うなんて、あとで息子を叱っておかなくてはね」

やれやれ…、というようにひな子が嘆息する。

つまり、このバアさんは香港三合会、応龍のゴッドマザーということらしい。

——マジか…。

柾鷹は内心でうめく。

「ゆうべの…、あの男はどういう人間だ？」

続けて尋ねた柾鷹に、ひな子が首をかしげる。

「さぁ…、まだそれははっきりとしないけれど、どこかの政府機関の人間のようね。私たちが監視していたのは彼ではなくて、彼の取引相手の方なのよ。この船を使って、つまらない私的な商売をしてるクルーがいるという情報があって…、目星をつけたところでずっと京さんに見張ってもらっていたの。私の大事なこの船をそんなことで汚してほしくないから」

やわらかい口調で、しかしその奥には容赦のない意思がにじむ。

ふぅ…、と柾鷹は長い息をついた。

どうやらそっちの方は、本来、自分たちとは何の関係もなかったようだ。たまたま巻き添えをくらっただけで。

とはいえ、今後に種を残したくはない。

「ゆうべの…、片はついたのか?」

ふっと首を曲げて、京の方に確認する。

「公《おおやけ》にはされていませんが、ひな子様がこの船のオーナーですので。問題はありません」

京が微笑んでそれを答えにする。

つまり、片はつけたということで、どういう片のつけ方なのかは、あえて聞かない方がいいのだろう。香港マフィアらしいやり方なのかもしれないが。

遙はこのバアさんの正体を知っているのか? と考えたが、……多分、知らないのだろう。

「何でもいいが、遙をつまらねぇことに巻きこむなよ」

とにかく、それだけをクギを刺す。

「まぁ…、ええ、もちろんよ。遙さんはいいお友達ですもの。心配なさらないで。私は基本的に組織の人間でもないですしね」

ほほほ…、とひな子が優雅に微笑む。

そのあたりがくせ者な気もするが、……しかし、遙と話すのが楽しいという感覚も、少しわかる気はした。多分遙とは、立場的にも近い。

「つーか、俺に断りなく、遙を気軽に名前で呼ばないでもらおうか、バアさん」

耳の穴を小指でほじりながらむっつりと言った柾鷹に、ひな子がにっこりと笑い返す。

「老い先短い人間にそんな脅しは意味がないのよ。覚えておきなさいな」

チッ…、と柾鷹は舌打ちする。やっぱり食えないバアさんだ。

「きっと遙さんがあんなに魅力的なのは、あなたのおかげなのかしらね？　きっと毎日が刺激的なんでしょう」

背中にそんな声が届き、デッキを下りようとしていた柾鷹は肩越しに振り返って言った。

「やらねぇからな」

九日目

——柾鷹——


九日目の夜は恒例のフェアフェルパーティーだった。

船長主催だったはずだが、急な体調不良とかで挨拶はなく、急遽《きゅうきょ》、船長代理が立つことになったが、航海の安全に影響はない旨《むね》、報告されたらしい。

なるほどな…、と柾鷹としては察するところがある。

そのパーティーに柾鷹は参加はしなかったが、狩屋とバーで飲んでいるところにレオたちがやってきた。

「明日、日本に着いちゃうんだね」

ちょっと残念そうに言ってから、本題に入ってきた。

「例の…、あの男が手に入れようとしてたデータだけど。ちょっとすごいモノだっていうの、聞いた？」

わくわくとひどくうれしそうにレオが聞いてくる。

ああ…、と柾鷹はだるそうにうなずいた。

解析したのはほとんど狩屋だったようだから、そこから話は流れてくる。

「国家機密レベルのヤバいデータなんだろ？」

「そうそう。あの男、どこかの国のスパイなのかもね…」

こっそりと小声でささやいてくる。

あの男は、あれ以来、まったく姿を見ていない。……そしてどうなったのか、多分、知らない方がいい。

京が——というか、ひな子が「処理」したのだろう。もしくは、これからするのか。

「ね、アレ、ホントにすごいデータだよ？　買い手は世界中にいっぱいいるし、すごい金額で売れるはず。議員のエロ動画どころじゃなく、ね…」

「かもな」

身を乗り出してきたレオに、グラスを口元に運びながら柾鷹は素っ気なく返す。

「もー、反応薄いなー。……ね、アレ、俺たちで売って山分けするっていうのはどうかなっ？」

若いだけに、こらえきれない興奮に胸を膨らませている。

小さく息をつき、柾鷹は手にしていたグラスをコトン、とテーブルにもどした。

「レオ、欲はかきすぎないことだ。あのブツは危険すぎるな。俺たちの手には余る」

静かに言った言葉に、レオがふっと息を詰める。剣呑な眼差しで柾鷹を眺めた。

「へぇ…、意外と度胸ないね、千住の組長」

「レオ」

横からディノがいさめたが、かまわずレオは冷めた口調で、煽るように続けた。

「ちょっと失望したよ。もっと強気で、肝の太い男だと思ってたのに」

そんな容赦のない評価に、柾鷹は苦笑した。

「ま、確かに、一《いち》か八《ばち》かで千住の命運を賭《か》けるような度胸は、俺にはないね。それが必要な場面でもない」

「すごいチャンスなんだよ!? あんなブツを扱えることなんて、もう二度とないかもしれないしっ！」

怒ったようにレオが声を張り上げる。

「どこぞの国を相手に面倒を起こすほど、うちはヒマじゃない。やりたいならおまえ一人でやれよ」

冷たく言い放つと、レオが唇を嚙んで柾鷹をにらんでくる。

「よく考えるんだな。そりゃ、賭けなきゃいけない時もあるさ…。自分の命も、組織の命運も。だが、今がその時かどうか……その判断で誰を生かして、誰を殺すのかをな」

むっつりとレオが黙りこんだ。

「……じゃあこれ、どうすんのさ？　捨てるの？」

やがて、悔しげにじわりと言葉を押し出す。

「好きにしろって」

めんどくさげに放り出した柾鷹に、さらに尋ねてくる。

「組長さんだったらどうするの？」

うーん…、と柾鷹は耳の下を掻いた。

「手元に置きたかねぇな…。持ってて狙われてもつまらねぇし。ま、応龍に丸投げするかな」

「あげるの!?　イーサンに!?」

レオが抗議するように声を上げる。それに柾鷹は小さく笑った。

「連中がうまく使えるんなら貸しになる。うまく使えなくても、こっちのリスクにはならない」

大きく息をつき、レオが背もたれにどさりと身体を預けた。

「もったいないよー…」

未練がましくぶつぶつ言う。

「損して得取れ、ってことわざが日本にはあるんですよ」

横から狩屋がさらりと口を挟んだ。

いずれにしても、船長が取り引きしていたブツだ。イーサンというより、ひな子に渡すべきなのだろう。おそらく船長の私物などもすべて押収して、これまでの仕事内容を洗い出しているのだろうから。

……レオがどこまで把握しているのかはわからないが。

むしろ、渡すべき、というより、引き取ってもらうべき、と言った方がいいのかもしれない。

結構な危険物なのだ。

「イーサン・リンに渡す必要はない。が、応龍の龍頭にまわるようにすりゃいいだろ」

「……ツテがあるの？」

淡々と言った柾鷹に、うかがうようにレオが聞いてくる。

「俺が預かってもいい。が、信用するかどうかは、おまえが決めろよ」

そんな柾鷹をじっと眺め、ちらっとディノの顔を見てから、レオがポケットから見たようなハートのペンダントを引っ張り出してテーブルにのせる。

柾鷹は手のひらでそれを狩屋の方に押しやった。

ホッとしたように、ディノが息をついた――。

## 十日目　最終日

――遙――


終わってみると、本当にあっという間だ。

のんびりと休めたかどうかは怪しいが、……まあ、いいリフレッシュにはなった。

「またお会いしましょうね、遙さん」

ひな子に別れを告げに行くと、優しく言葉をかけられ、本当に名残惜しい。

「お約束のもの。受け取ってくださる？　昨日できあがったの」

そんな言葉で、このクルーズの間、ずっと作っていたレース編みをもらってしまう。

「なんだ、それ？」

片腕にかけて柾鷹のところにもどると、首をひねって聞かれた。

「もらったんだよ。レース編みのベッドカバー。すごくキレイで手がこんでる」

これからの季節にはちょうどいいが、使うのがもったいないくらいだ。

ぴらっとめくって言うと、へー…、と柾鷹もうなった。そして何を想像しているのか、ニマニマと笑み崩れる。

「ベッドカバーねぇ…。エロいな…。すげー、エロい。スケスケじゃねぇか…」

「おい」

「うん。あのばーさん、なかなかやるな…」

思わずうなった遙にかまわず、柾鷹が顎を撫でる。

「……どう考えても、おまえはろくな使い方をしないな」

あきれて、遙は嘆息する。

「まあでも、いい記念だよ」

楽しい、旅行だった。

きっと何年もたってから思い出せる……そう、ずっと年をとってから、ふと思い出してしまうような。

毎日、柾鷹と同じ部屋に帰ってくるのはいささかうざったくもあったが、……ルームメイトだった高校生の頃とは違って、もう少し自分に余裕があった。

少しばかり、この男をあしらうこともうまくなったのだ。

「いい新婚旅行だったしな」

ちょっととぼけたようにさらりと言った柾鷹に、遙は素っ気なく肩をすくめる。

と、強い風が海から抜き抜け、反射的に乱れた髪を押さえた。

その薬指には、銀色のリングがまぶしく光っていた——。

end.

# あとがき

こんにちは。最凶の恋人、いつの間にか10冊目となりました。気がつけば、という感じなのですが、本当にこんなに長く続けられるとは…。感無量です。書き始めた時は、ホント、学園物だったことを考えると隔世の感といいますか（笑）いつも最凶な面々を応援してくださっている皆様のおかげです。本当にありがとうございます！

ちょうど節目ということで、今回はまるっと書き下ろし、そしてこのシリーズでは初めてだったんですね。まるっと一本のお話になりました。個人的には短編仕様も好きなのですが、今回はがっつりと事件もあり、少し読み応えがあるかな、と思います。記念の巻ですので、できるだけたくさんレギュラーのキャラも出したいなー、と思っておりましたが、がんばってこのくらいになりました。うーん、知紘ちゃんたちが……すみません。お話の設定上、難しいところでした。組員日記と平行している関係で、他の本と違って作中の日付がわりときっちり決まっちゃうんですよね…。知紘ちゃん、学校でした。あ、こちらに付いている初版限定のペーパーにはちらっと登場しておりますよ〜。まあ、新婚旅行ですしねっ。水入らず……とはいかないわけですが、でも一日だけ、組長も楽しめたはず。長く二人を見守ってくださった皆様にも、ここまで来たんだなぁ…、と思っていただけると幸いです。いつもヘタレている組長も、少しはかっこよかったのではないかと。あっ、飛行機、がんばって乗りましたしね！（そこじゃない…）ともあれ、長くお付き合いいいただいてます皆様にも、初めて手にとった（という方がいらっしゃるのかな？ここから遡っていただくのも一興かも）という方にも、お楽しみいただけるとうれしいです。

いつも素敵なイラストをいただいておりますしおべり由生さんには、今回もありがとうございました。遙さんが本当にかっこよくも美しく、背中のラインにドキドキします。組長は相変わらずワイルドでよいです！　本文のイラストも楽しみにしております。そして編集さんにも、今回はいつにも増してロゴや帯などにも気合いを入れていただきまして、すごく華やかな仕上がりではないかとっ。いつもギリギリですみません。本当にありがとうございました。

というわけで、10冊目になりました最凶ですが、サブキャラもじわじわと増えて世界が広がり、これからますますパワーアップしていきますので、またお付き合いいただければうれしいです。

それではまた――あっ、できれば組員日記で（どちらからお読みいただいても大丈夫なのですが）お会いできますように。

4月　確かアスパラが旬のはず。いつか出会った春野菜のパスタをもう一度…。

水壬楓子

**初出一覧**

10days Party―船旅―　／書き下ろし

ビーボーイスラッシュノベルズを
お買い上げいただきありがとうございます。
この本を読んでのご意見・ご感想をお待ちしております。

〒162-0825 東京都新宿区神楽坂6-46
ローベル神楽坂ビル4F
株式会社リブレ内 編集部

リブレ公式サイトでは、アンケートを受け付けております。
サイトにアクセスし、TOPページの「アンケート」から該当アンケートを選択してください。
ご協力をお待ちしております。

リブレ公式サイト　http://libre-inc.co.jp

# 最凶の恋人―10days Party―

2017年5月20日　第1刷発行

■著　者　水壬楓子


■発行者　太田歳子
■発行所　株式会社リブレ

〒162-0825　東京都新宿区神楽坂6-46 ローベル神楽坂ビル
■営　業　電話／03-3235-7405　FAX／03-3235-0342
■編　集　電話／03-3235-0317

■印刷所　株式会社光邦



Printed in Japan
ISBN 978-4-7997-3201-4